BAD BOY ROYAL

LEE SAVINO

BAD BOY ROYAL

Milliardaire. Play-boy. Prince. Mon nouveau patron.

Theo Kensington est le célibataire le plus convoité du monde, et le plus incorrigible aussi. Qu'est-ce que ça peut faire qu'il soit la vedette d'une sextape… ou de trois ? Il est l'héritier de la fortune des Kensington. Fils d'une princesse suédoise oubliée de tous. C'est vrai, ce grand étalon sombre et tatoué est un *prince*.

Sauf que la reine fait comme s'il n'existait pas. Et que le conseil d'administration de Kensington veut se débarrasser de lui.

C'est là que j'entre en scène. Vesper Smith, consultante en médias, alias, l'arrangeuse. J'ai quatre jours pour convaincre ce mauvais garçon de bien se comporter. De soigner son image et d'améliorer son attitude.

Ce prince play-boy est bien plus enclin à faire des bêtises. Si je n'y prends pas garde, son prochain scandale mettra en vedette une nouvelle partenaire : moi.

CHAPITRE 1

— Il a une queue de la taille de l'Empire State Building, et l'ego assorti, annonce la blonde à l'écran, avec un sourcil arqué.

La présentatrice de l'émission à scandales assise en face d'elle acquiesce.

J'appuie sur pause, et la vidéo s'interrompt juste au moment où la blonde se penche en avant pour livrer un autre secret juteux au sujet du sexe de Theo Kensington. Ses seins sont sur le point de sortir de son chemisier rose brillant.

— On dirait que quelqu'un a signé un contrat pour son livre de confidences sur l'oreiller, murmuré-je à la blonde sur l'écran de mon téléphone. Tu n'as pas pu trouver cette réplique toute seule.

Je remets la vidéo en marche, me préparant à voir plus de mélodrames encore. Je remue pour me soulager du pincement provoqué par mes talons hauts. Ce porche en marbre luxueux ne rend pas service à mes pieds. Je me suis levée à cinq heures du matin pour m'habiller, rendre ma chambre d'hôtel, et prendre un taxi jusqu'à ce palace moderne au nord de New York. Le chauffeur venait juste de passer les opulentes grilles quand mon flux Google est devenu dingue. J'ai programmé une alerte pour les informations, histoire de me tenir au courant de ce que disent les médias à propos de mes clients relations publiques.

— Theo Kensington a un lourd passif d'histoires d'amour qui se sont soldées par une succession de cœurs brisés. C'est le fils d'une princesse suédoise et d'un homme d'affaires américain. Héritier de la fortune des Kensington. L'entreprise Kensington à elle seule est évaluée à 400 milliards de dollars.

— Il a des… atouts incroyables, glousse la blonde.

— En fait, c'est un prince, n'est-ce pas ?

— C'est exact. Mais il n'aime pas en parler. Prince ou non, ça n'a aucune importance. Dans la chambre, c'est un dieu.

J'interromps une nouvelle fois la vidéo. La blonde sur l'écran n'est pas la première à qualifier Theo Kensington de dieu. L'an dernier, une jeune starlette d'Hollywood a twitté : « Prince dans la rue, dieu quand il est nu », accompagné d'une photo du « dieu » en question dans sa chambre. Un dieu *vraiment* nu. Le tweet avait été effacé, mais pas avant d'avoir été liké et retweeté sept mille fois.

Et maintenant, il refait la une des médias. Prince ou dieu, c'est mon nouveau cauchemar en matière de relations publiques.

Je range mon téléphone dans ma poche et sonne une fois encore, mais je ne suis pas surprise que personne ne soit là pour m'accueillir. Le personnel de M. Kensington est sûrement en train de regarder les mêmes chaînes d'infos que moi.

Une ombre apparaît derrière les vitraux situés de chaque côté de la porte, et le verrou s'ouvre. Un homme massif au crâne rasé et dont la chemise est tendue par ses muscles se tient dans l'embrasure.

M. Evans, chef de la sécurité de Theodore Kensington.

— Vous l'avez vue ? demande-t-il sans préambule. La sextape ?

— Oui, j'étais justement en train de regarder l'interview… (Je rembobine ce qu'il vient de dire.) Attendez, il y a une seconde sextape ? Une autre ?

— Elle est sortie ce matin.

Merde.

— Je croyais qu'ils parlaient de la dernière, celle avec l'actrice porno, dis-je, fouillant ma mémoire pour retrouver le nom de la blonde interviewée. Pepper quelque chose.

— Pepper Spice. Et… non. C'en est une autre. Une rousse. Du moins, j'en ai l'impression. On ne la voit pas clairement dans la vidéo. Cependant, M. Kensington…

— Merde.

Cette fois, je le dis tout haut.

— Exactement, répond Evans d'un air sinistre. (Il se baisse pour prendre ma valise.) En temps normal, je vous laisserais vous installer, mais…

— Nous devons prendre les devants. Où est…

Une Maserati orange rugit en débarquant dans l'allée. Les basses à fond, elle fait rapidement le tour de la fontaine, sur fond de Metallica et de cris de joie. L'air frémit encore quand la voiture s'arrête.

Trois femmes descendent de la décapotable en riant. Des cheveux lisses, des seins énormes, et de minuscules sacs à main. Elles nous jettent à peine un regard avant de se diriger vers la piscine en empruntant une allée impeccablement entretenue.

Un homme aux cheveux sombres sort de la voiture, tandis que le heavy métal hurle toujours dans la stéréo, comme un générique. Il ne prend pas la peine de couper le moteur ni de refermer la portière et jette les clés à Evans, qui les attrape en un éclair.

— Vous la garez derrière pour moi, Evans ? Merci, mec, dit le nouvel arrivant. Il m'adresse un sourire en coin.

Je le reconnais immédiatement : c'est le visage magnifique et bronzé des journaux à scandales de ce matin.

Theo Kensington. Milliardaire. Play-boy. Prince.

Mon nouveau patron.

CHAPITRE 2

Il ne porte pas de chemise. Il. Ne. Porte. Pas. De. Chemise.

Qui se balade sur la côte nord un mercredi matin sans chemise ?

Le prince Theo, voilà qui fait ça.

Il se rapproche, les muscles du torse apparents. Il n'y a pas que ses muscles qui sont appétissants chez lui. Il a hérité du meilleur de sa mère nordique, et de la beauté saisissante de son père, une ossature parfaite, et une peau couleur bronze, ainsi que d'épais sourcils au-dessus d'une paire d'yeux bleus aguicheurs. Des cils longs et fournis, à rendre jalouse n'importe quelle femme. Il n'y a pas d'adjectif suffisamment fort pour décrire un homme aussi beau que lui. Les tatouages qui marquent son torse de haut en bas, et entourent la plus grande partie de son bras droit n'ôtent rien à sa beauté. Le tatouage d'une panthère rôde sur sa hanche, et disparaît sous la ceinture de son pantalon.

— Salut, bébé, me dit Theo avec un sourire qui mouillerait toutes les petites culottes du voisinage.

Ou peut-être simplement la mienne. Je suis quasiment certaine que les petites copines de Theo n'en portent pas.

Mon regard se pose sur le V aux lignes pures gravées au bas de son torse, jusqu'à son aine. Mon intimité rugit comme le moteur d'une Maserati. Un ronronnement doux et harmonieux, juste entre mes cuisses.

Merde. Ça fait dix minutes que je suis embauchée, et je fais déjà de l'œil à mon boss. Peu importe qu'il soit le célibataire le plus en vue (et aussi le plus incorrigible) de la côte est… et sûrement du monde entier. Theo Kensington n'est pas le genre de gars que l'on peut présenter à ses parents. C'est le type qu'on ramène dans son lit pour débriefer ensuite avec ses copines, la voix basse et empreinte de respect, et que l'on qualifie de meilleur coup de toute notre vie.

Ou alors, à la manière d'une fausse blonde dévergondée passée aux infos divertissement du jour, on le raconte carrément au monde entier.

— M. Kensington.

Je lui tends la main. Il l'ignore, et se rapproche. Je porte mes escarpins les plus hauts et les plus pros, et Theo me domine toujours. Il y a quelque chose d'intense chez lui, une énergie avide, une sorte de champ de force puissant, qui pourrait m'arracher ma lingerie.

Pas étonnant que toutes ces femmes finissent au lit avec lui. Pas étonnant qu'il y ait des célébrités dans ses sextapes privées.

Pas étonnant que le conseil d'administration de son père veuille qu'il s'en aille.

— Je suis Vesper Smith, dis-je en retirant ma main, parce qu'il est trop occupé à me déshabiller du regard pour la serrer. Votre nouvelle consultante média.

— Sympa, répond-il à mes seins d'une voix traînante. J'ai hâte de vous avoir à mes ordres.

Je me raidis. Je sais que je suis jolie. Je porte un tailleur gris qui met mes yeux en valeur, même dissimulés derrière des lunettes à monture noire. J'ai des jambes à tomber grâce à ces talons qui me donnent quelques centimètres de plus. Je suis belle, pas pétasse, et pourtant mon nouveau patron est en train de me reluquer de haut en bas comme si j'étais une pin-up et qu'il avait envie de me plaquer contre le capot de sa voiture.

Mon cœur se serre. C'est un vrai séducteur.

Je remonte mes lunettes sur mon nez.

— M. Kensington, commencé-je de ma voix la plus sévère. Vous entretenez une sacrée réputation. Si vous n'y prenez pas garde...

Theo m'interrompt.

— Où vous l'avez pêchée, celle-là, Evans ?

La musique s'arrête au moment où celui-ci tourne la clé de la Maserati.

— Elle nous a été chaudement recommandée, M. Kensington.

— Génial. Vous voulez que je rappelle ces dames ? (Il fait un geste du pouce, et je me rends compte qu'il fait allusion aux trois femmes qui viennent juste de sortir de la voiture.) On peut faire une séance photo ici. Un truc que vous pourrez mettre sur Instagram.

Il croit que je vais gérer son compte.

— En réalité, nous avons des sujets plus urgents sur les bras. Nous devons préparer une déclaration, raconter notre version de l'histoire. Pepper Spice fait déjà la tournée des médias...

Je m'interromps quand il agite sa main devant mon visage.

— C'est barbant ! Vous êtes canon, mais vous parlez comme les amis de mon père.

— Ce sont eux qui l'ont embauchée, intervient Evans. Ils s'inquiètent que le vote ne vous soit pas favorable lors de la prochaine réunion du conseil.

Theo hausse les épaules.

Je me renfrogne.

— Vous allez perdre votre siège au conseil d'administration d'une société qui pèse un milliard de dollars, et vous n'allez même pas…

— Il faut que j'aille à la piscine. Mes amies m'attendent.

Il me regarde de haut en bas, et une fois encore, un champ de force m'attire, m'embrouille l'esprit, et me donne envie de me déshabiller et de faire de mauvais choix.

— Libre à vous de me rejoindre… si vous portez un bikini.

Sur un clin d'œil, il s'éloigne.

Je fais volte-face pour regarder Evans.

— Montrez-moi la sextape. Ensuite, j'irai à la piscine. M. Kensington et moi allons avoir une petite discussion.

* * *

Evans me guide dans les vastes couloirs du manoir, où nous passons devant de gigantesques tableaux représentant des paysages, des naufrages, et Bacchus conduisant un groupe de nymphes et de satyres à une orgie dans un pâturage. Il y a aussi quelques statues, y compris une représentation en marbre rose de la Venus de Milo.

— Qui a décoré cette maison ?

— Feu M. Kensington a engagé un collectionneur, qui a choisi ces pièces.

Je passe sur la pointe des pieds devant la silhouette nue.

— Le père de Theodore Kensington était turc, n'est-ce pas ? C'était un immigré ?

Il avait fallu que je creuse pour obtenir cette information. M. Kensington père ne souhaitait pas que son statut d'immigré soit connu.

— Un immigré devenu magnat milliardaire, confirme Evans. Qui est tombé amoureux d'une princesse.

— Kensington, ça ne sonne pas très turc.

— Il a changé de nom de famille quand il a obtenu la citoyenneté.

— Comme le grand-père de Donald Trump, qui a changé son nom de Drumpf en quelque chose de plus commercialisable.

— Exactement.

Je note le ton sec d'Evans tandis qu'il entre dans une petite pièce sombre. Des tasses de café vides jonchent le bureau sous les nombreux écrans au mur. Deux agents de sécurité m'adressent un signe de tête quand Evans me présente.

— C'est donc vous l'arrangeuse, dit l'un d'eux. Vous allez arranger ça ?

L'agent pointe du doigt l'écran où Theo est en train de s'étirer et poser sur un plongeoir, devant un public de femmes en bikini. L'une d'elles est déjà seins nus. Le second agent de sécurité garde la caméra pointée sur elle.

— Je vais faire de mon mieux, je réponds tandis qu'Evans me tend un ordinateur portable.

Il m'entraîne dans un coin privé, et me prête des écouteurs. Je retire ma veste et clique sur la vidéo. Le torse musclé de Theo, et les filles en bikini s'amusent sur le grand écran. Je me concentre sur les ombres semblables visibles sur celui, plus petit, de mon portable. J'ai l'impression d'avoir droit à mon striptease privé.

La routine, quoi.

Je ne sais pas comment j'ai fini par devenir l'experte mondiale qui arrange les scandales sexuels, mais après cinq affaires consécutives (trois sportifs vedettes accusés de harcèlement sexuel, un sénateur coureur de jupons, et un PDG de startup qui a baissé son pantalon pendant une fête à une semaine de l'entrée en bourse), je commence à me faire une réputation. *Vesper Smith rachète une conduite aux mauvais garçons.* C'était un gros titre sur HuffPost le mois dernier.

Oui, moi aussi je lis la presse.

Je dois dire que de toutes les sextapes que j'ai vues, celle de Theo Kensington est la meilleure. Il a un dos magnifique et musclé, qui fléchit en même temps que ses fesses, au rythme de ses coups de reins. Sa mâchoire se crispe et ses yeux se plantent sur le miroir au-dessus du lit. C'est presque comme s'il me regardait.

Puis il se retire, et je l'observe attentivement. Les vingt-cinq centimètres.

La vidéo s'arrête. Je la regarde encore une fois, ressentant chacun de ses coups de reins au creux de mon ventre.

— Alors, que faisons-nous ? me demande Evans une fois que les grognements et les couinements ont cessé pour la seconde fois.

Je soupire, et croise les doigts pour que personne ne remarque que mes tétons pointent sous mon chemisier.

— C'est mauvais, n'est-ce pas ? s'enquiert le chef de la sécurité.

— C'est mauvais, mais pas impossible. Il faut qu'on offre une nouvelle histoire aux médias. « Le prince play-boy réhabilité », annoncé-je en dessinant des guillemets dans l'air. Il a fait les quatre cents coups, mais il est prêt à passer à autre chose. C'est un garçon après tout. Certes, c'est sexiste, mais les médias marcheront. Qu'il passe un an à se comporter comme un moine, à bosser pour des œuvres de charité, et plus important, à se tenir loin des journaux à scandale, ça lui fera le plus grand bien. Il faudra qu'il garde sa chemise.

Je redresse mes lunettes et lève les yeux vers Evans. Ses bras sont croisés sur sa poitrine robuste ; il a l'air sceptique.

— Ça va marcher. Je sais ce que je fais.

—C'est pour cette raison qu'on vous a embauchée.

— Bien. Commençons à programmer des événements. En

premier lieu, des excuses publiques. Ensuite, des dons à des œuvres caritatives, et quelques apparitions dans des dîners mondains.

Je hoche la tête. La scène se déroule dans mon esprit : Theo, élégant et soigné, ses tatouages dissimulés sous un costume. Je connais ce scénario, celui du mauvais garçon qui se rachète. Je maîtrise.

— Ça m'a l'air parfait, approuve Evans. C'est exactement ce dont il a besoin. Mais ça ne marchera pas.

— Quel est le problème ?

— Nous n'avons pas une année devant nous.

— Mmmmh, je me tapote les lèvres avec un stylo. Nous pouvons tabler sur un délai plus court.

— Nous avons une semaine.

— Une semaine ?!

— C'est là qu'il passera devant le conseil. C'est là qu'ils prendront leur décision. Et ce n'est pas tout. (Il hésite.) Il y a le problème de la reine. La rumeur dit qu'elle s'est décidée à demander des nouvelles de son petit-fils, et qu'elle n'aime pas ce qu'elle entend.

— La reine ? Comme dans… la reine de Suède ?

— Oui.

— Je ne savais même pas que la Suède avait encore une reine.

— C'est leur Parlement qui a tous les pouvoirs, un peu comme en Angleterre. Mais la reine est quand même un personnage important. Sa fille était la mère de M. Kensington.

— Fille avec laquelle elle s'est brouillée, le corrige-je. (Au moins, sur ce point, j'ai fait mes devoirs.) Elle est partie de chez elle à l'âge de vingt ans, est allée à l'université à New York, et a abandonné. Elle est tombée amoureuse d'un homme d'affaires plein d'avenir. D'après mes renseignements, à cette époque, M. Kensington ne possédait que cinq hôtels.

Evans approuve.

— La princesse tombe enceinte, ils se marient, la reine le découvre et coupe les ponts, résumé-je.

— Elle le regrette amèrement quand sa fille meurt en couches à la suite de complications.

— En laissant derrière elle un nouveau-né et un magnat au cœur brisé, conclus-je en secouant la tête. Ç'a dû être douloureux.

Evans ricane.

— La reine n'en a rien laissé paraître. Elle n'a jamais rencontré son petit-fils.

— Je ne parlais pas d'elle. Je parlais de M. Kensington fils.

Je retombe lentement sur ma chaise. Fils unique, à présent orphelin, mis à l'écart par sa famille royale. Privé de son… trône légitime ? Est-ce qu'ils ont toujours des trônes ?

— Très bien. Je peux me débrouiller.

Je passe mentalement mes contacts en revue. Je peux le faire. Demander des faveurs. Planifier des séances photo. J'ajoute :

— Je peux faire ça en une semaine.

— Il y a encore un souci, souligne Evans. Il ne le fera pas.

J'ai encore le tournis à l'idée de transformer un mauvais garçon tatoué et riche à millions en un mondain raffiné aussi innocent qu'un enfant de chœur en l'espace d'une nuit.

— Il ne fera pas quoi ?

— Rien de tout ça. Les excuses, les concerts caritatifs. (Evans secoue la tête.) M. Kensington n'a aucune envie de se racheter une conduite. Quelques-uns des membres du conseil d'administration étaient amis avec son père. Ils vous ont embauchée pour sauver sa réputation, pour pouvoir lui donner une dernière chance. Mais il s'en fiche.

— Alors, il a besoin d'un thérapeute, pas d'une arrangeuse, tranché-je d'un ton sec.

Evans hausse les épaules.

— Au prix qu'on vous paie, vous pouvez bien être les deux.

CHAPITRE 3

En chemin pour la piscine, je m'oblige à arborer une expression sévère, que j'ai souvent vue sur Mme Mavery, la bibliothécaire de mon lycée. Je me suis rendu compte que ça fonctionne aussi bien sur les gamins aux mains baladeuses que sur les clients qui se comportent mal. Si l'on ajoute à ça mon tailleur et mon calme imperturbable, rien ne m'arrêtera.

Je l'espère.

Je suis le son du rock classique jusqu'à la piscine. Je gâche quelque peu mon approche raffinée quand mon talon se prend dans une fissure du trottoir. Quand j'arrive à me libérer, tous les fêtards m'observent, quelques hommes et au moins le double de femmes. Et ce satané mec ne porte toujours pas de t-shirt.

— Vous êtes virée, crie-t-il quand je m'approche.

Les femmes autour de lui éclatent de rire.

Je progresse sur les marches en marbre, dépasse des topiaires et des statues de nymphes qui s'ébattent. Je repère un fil conducteur. C'est peut-être le fait de vivre au milieu de toutes ces œuvres d'art lascives qui a inconsciemment poussé

Theodore Kensington à devenir un Bacchus des temps modernes.

Je souris intérieurement. « L'art et la psyché du play-boy », ça ferait un bon sujet de thèse. Miss Mavery adorerait.

— Je vous ai dit que vous étiez virée, répète-t-il, et je sens à sa voix qu'il est sérieux.

Il ne s'agit pas seulement du mauvais garçon idiot, qui joue un rôle devant la foule. Mais de Theodore Kensington, qui me teste pour savoir ce que je vais faire et si je suis capable de me défendre.

— Vous ne pouvez pas me virer. (Je m'arrête devant sa chaise longue.) Ce n'est pas vous que je représente. C'est votre queue. Je pointe son short de bain.

Heureusement, il en porte un. Sinon, je serais en plein milieu d'une orgie. Je ne crois pas que M. Evans apprécierait.

— Ma queue peut très bien se débrouiller seule, rétorque le fanfaron, déclenchant de nouveaux rires.

— Sans le moindre doute. C'est bien là votre problème. Votre queue reçoit des critiques élogieuses dans des émissions de divertissement. Apparemment, elle vient de réaliser la performance de sa vie. Vous êtes un adulte qui s'est fait prendre le pantalon aux chevilles, et bien plus que le doigt dans le pot de confiture, attaqué-je, influencée par l'esprit de Mme Mavery.

Theo arbore un demi-sourire. Je vois briller une lueur d'intelligence sous ses airs de mannequin. *Dieu merci. Donnez-moi quelque chose avec quoi travailler.*

— Donc, j'ai un problème de relations publiques ?

— M. Kensington, c'est vous, le problème de relations publiques.

Vous et votre harem. Il y a quatre femmes en plus de celles que j'ai vues sortir de la voiture ce matin, et elles portent les bikinis les plus minuscules du monde. Elles pourraient tout aussi bien porter d'épais morceaux de ficelle. Et des talons hauts.

Qui porte des talons hauts avec un bikini ?

Celui dont je m'occupe incline la tête sur le côté.

— C'est quoi votre nom, déjà ?

— Vesper Smith. Des amis de votre père m'ont engagée pour améliorer votre image.

— J'aime bien mon image. Vous savez comment on m'appelle ?

Je croise les bras, pour bien lui montrer que je n'ai pas l'intention de le dire.

— Le dieu de la baise, dit-il. Vous savez pourquoi ?

Les dames caquettent, mais il ne joue plus de rôle pour son public. Je l'ai énervé. Ce spectacle, c'est pour moi.

— C'est un jeu de mots avec votre prénom. « Theo », c'est la racine grecque de « divinité ».

Merci, Mme Mavery.

Theo cille.

Le type à côté de lui explose de rire.

— Ta nouvelle chargée de relations publiques est une intello.

— Je suis en train de boire un martini, dit l'une des femmes en levant son verre, vous pouvez me donner la racine grecque aussi ?

Je secoue la tête. Ses groupies ne cessent de rire, et lui se contente de m'étudier en silence.

— Jusqu'à quel point vous vous y connaissez en grec ? me demande un type à l'allure de surfeur.

— Putain, mais en quoi ça te regarde ? lui lance une femme aux ongles, cheveux, et bikini rouge pompier.

— Tu sais ce que c'est, le sexe à la grecque, non ? murmure-t-il à l'oreille de Rouge qui rougit.

Dégoûtée, je secoue la tête.

— Putain, pas moyen, répond Rouge en me pointant du doigt.

— Merde, dit le premier type. Intello et vierge. Je connais quelqu'un qui pourrait vous rendre service, Vierge Marie.

Il frappe Theo dans le dos.

— Laissez tomber, les gars, ordonne-t-il avant de s'approcher de moi.

Très, très près de moi.

Je relève le menton pour le regarder droit dans les yeux. Je m'oblige à ne pas reculer.

— Vos amis sont des crétins, lui dis-je.

— Ne faites pas attention à eux. C'est juste qu'ils n'ont jamais vu de consultante média aussi belle que vous.

— Je ne vais pas coucher avec vous. N'essayez pas de me flatter.

— Il me semble que madame proteste avec trop de véhémence, lance-t-il, et c'est à mon tour de ciller. Je pense que vous appréciez. Je crois que vous voulez que je vous flatte.

Je remonte mes lunettes sur mon nez, plus pour mettre de la distance entre nous que pour vraiment les ajuster. Ma main frôle son pec tatoué. Je me demande s'il entend battre mon cœur.

— Vous êtes un peu coincée, Vesper Smith, continue-t-il. Peut-être que mon ami a raison. Vous avez besoin d'une petite Theo-thérapie. (Il se penche vers moi, ses lèvres frôlant mon oreille.) Vous arrangez mon image, et je règle votre souci, Marie.

— Ce ne sera pas nécessaire, rétorqué-je.

Il éclate de rire.

— Je plaisante. Je ne saute pas les vierges.

Comme le fait de crier « Je ne suis pas vierge » ne me rapporterait rien de bon, je tourne les talons et m'en vais.

J'ai les joues en feu. Peu importe qu'il m'aguiche. Il y a

tellement d'attirance sexuelle entre Theo et moi qu'il pourrait me sauter d'un simple regard, et je tomberais enceinte.

C'était ce que faisaient les dieux, n'est-ce pas ? Pouf ! Enceinte. Ça, ce serait une histoire à raconter. M. Evans ne marcherait pas, mais qui a vécu ce genre d'attirance comprendrait.

Je jette un regard noir aux statues de dieux grecs. Evans me retrouve à la porte du manoir.

— Nous avons un problème, m'annonce-t-il. Je viens de raccrocher avec la Suède.

— La reine a vu les infos ?

— Oui. Elle est enfin prête à reconnaître son petit-fils.

— Ça fait quasiment trente ans. Pourquoi maintenant ?

— Je crois qu'elle veut se racheter. Elle a levé l'interdiction qui pesait sur feu sa fille.

— Il est un peu tard pour ça.

Le pauvre, perdre sa mère à la naissance, et porter le poids de ses péchés.

— Il s'agit surtout d'une formalité changeant la succession.

— Quoi ?

— Son fils est malade. Lui et sa femme n'ont pas d'enfants. Quand il mourra…

— Theo est le suivant dans la lignée, je termine. C'est pour cette raison qu'elle reprend contact.

— Elle l'a convoqué à une audience dans sa résidence privée. Vendredi.

— Ce vendredi ?

— Exact. La reine souhaite le voir dans quatre jours.

* * *

— Alors, comment ça se passe ? crie mon amie.

Je grimace, et passe le téléphone sur mon autre oreille.

Je devrais être en train de faire le tour de mes contacts, et de demander des services, tout en cherchant sur Google quoi porter lors d'une audience avec la reine de Suède. Mais entre Evans qui hurle qu'il va poursuivre en justice toutes les femmes avec lesquelles son patron a couché, et le festival de heavy métal dans le jardin de Theo, j'ai mal à la tête.

Je jette un regard à ma valise. J'ai un flacon d'aspirine quelque part là-dedans.

— Allô ? V ?

— Une seconde, Mina.

— Tu m'appelles, et tu me mets en attente ? Elle rit.

— Non, désolée. Il fallait juste que je trouve quelque chose.

Je sors le flacon d'antidouleurs d'une poche secrète, et l'ouvre d'un coup de griffe. J'en avale deux que je fais descendre avec de l'eau. J'aurais préféré que ce soit de la vodka et du Valium.

— C'est bon, je suis prête. Quelle était la question ?

— Comment se passe ton premier jour de boulot ?

Mina est ma meilleure amie, et la seule personne à qui je ne mens pas.

— J'ai envie de démissionner.

— C'est ton client, non ? Vire-le !

— On m'a embauchée pour faire un travail. Je vais le faire, assuré-je en essayant de ne pas grincer des dents.

— Tant mieux pour toi. Alors, c'est qui déjà, ce type ? Qu'est-ce qu'il a fait ?

— Tu as entendu parler de la chaîne d'hôtels Imperial ?

— Les hôtels de luxe ? Comme le Four Seasons ?

— Exactement. Le père de mon client a démarré avec un hôtel, et il a tout construit à partir de là. Kensington Inc. s'est pas mal diversifiée aujourd'hui, ils possèdent des chaînes de restaurant, et une compagnie aérienne…

— En résumé, le fils à papa est plein aux as.

— Il a de sérieux ennuis.

— Comment s'appelle-t-il ?

Je soupire.

— Theodore Kensington.

— Vraiment ? Je viens de voir quelque chose à son sujet… (Je l'entends pianoter sur son clavier.) Oh, la vache. Oh, la vache.

J'entends le rire dans sa voix. Je l'imagine en train de faire défiler les photos de Theo. Il y en a quelques-unes de lui avec des petites amies célèbres, parfois sur un tapis rouge, d'autres prises par des paparazzi insistants. L'appareil photo aime Theo. Il a un sourire éblouissant et une peau hâlée, des hectares de muscles sur son torse nu à la plage…

— Ouais.

— Il est très photogénique.

— Mmmhmm. *Attends la suite.*

— Oh, waw. Bon s…

— Ouais. C'est sa queue.

— On dirait que tu as un sacré problème sur les bras. Un très, très gros… problème.

— Je sais. (Je me frotte le front, impatiente que les analgésiques fassent effet.) Jamais je n'ai eu de client dont la sextape sortait le jour même où je commence à travailler pour lui.

— Oh, Vesper, tu as un don pour les choisir. Qu'est-ce que tu vas faire ?

— D'abord, il faut que je le convainque de se racheter une conduite. La seule chose qui l'intéresse, c'est de se comporter en mauvais garçon.

— Et alors ? T'aimes qu'ils soient mauvais.

— Pas à ce point.

Je lui raconte la manière dont il s'est comporté en abruti près de la piscine.

— On dirait un gamin en primaire qui balance des cailloux sur la fille qu'il aime.

— Quoi ? Non.

— Je suis sérieuse ! On dirait que le prince play-boy en pince pour toi.

Je ne lui précise pas que c'est réciproque.

— Écoute, Mina, je t'appelais pour savoir si tu pouvais faire quelque chose pour moi.

C'est une magicienne avec son ordinateur. Elle est tellement douée que c'en est effrayant. Elle déniche des secrets pour moi en permanence, et m'a aidée à en enterrer un certain nombre aussi.

Je lui dis ce dont j'ai besoin.

—Pas de souci. Dis-moi juste un truc…

— Quoi ?

La voix de Mina se fait ronronnement.

— Est-ce qu'il est aussi sexy en vrai que sur écran ?

Je grimace. Je ne peux pas cacher la vérité à ma meilleure amie.

— Plus sexy encore.

— Putain. Tu es carrément baisée. Du moins, si tu as de la chance.

— Mina ! Je ne couche pas avec les clients. *Plus maintenant.*

— C'est bien dommage. (Mina pianote plus vite sur son ordinateur, le bruit ressemble à celui d'une cascade.) Très bien. Je vais te trouver ce dont tu as besoin. Toi, tu t'occupes de faire embarquer ton client à bord.

— Justement. Je ne sais pas comment faire.

—. Charme-le.

— Je ne fais plus ça. Je touche mes lunettes.

Elle éclate de rire. Je n'ai aucun secret pour Mina.

— Pas dans ce sens. Il n'y a rien de mal à se servir un peu de ce que Dieu t'a donné pour le rallier à ta cause.

— Non, sifflé-je dans le téléphone. Non. Je suis une

professionnelle. Ce n'est pas parce que je suis blonde que je suis une bimbo !

— Tu n'as pas besoin de prouver que tu as un cerveau, V. Tu as obtenu une licence et un master dans deux universités prestigieuses. Personne ne remet en cause ton intelligence.

Je retire mes lunettes et les essuie, attendant le bon moment pour l'interrompre.

— Et tu as aussi un corps superbe, continue Mina. Même si tu ne l'exhibes pas. Tu ne trompes personne à le planquer sous tes tailleurs. Tu es sexy, tu ne peux rien y faire. Pourquoi ne pas l'assumer ?

Je tapote le rebord de la fenêtre. À quelques centaines de mètres, Blondie ondule autour de la piscine, avec la démarche combinée d'un mannequin et d'une stripteaseuse. Elle a Theo en ligne de mire.

— Il faut que tu le séduises, dit Mina, ou tu perds un client.

— Je ne perds jamais.

— Alors, tu sais ce que tu as à faire.

Une fois que Mina a raccroché, la douleur dans mon crâne se réduit à un élancement pénible. J'entrouvre la fenêtre pour prendre un peu l'air. Des éclats de rire me parviennent. La fête prend de l'ampleur. La musique est plus forte. Le soleil est plus chaud. C'est une belle journée. Magnifique, en fait.

* * *

Dix minutes plus tard, je passe devant les statues de nymphes avec une démarche chaloupée, perchée sur mes Louboutin. Avant de descendre à la piscine, je dénoue ma robe porte-feuille, et la retire. En dessous, je porte un bikini noir. C'est un peu plus que les bouts de ficelle que portent les autres femmes, pas beaucoup plus. J'accroche la robe à une statue, et m'avance en maillot et talons.

Qui porte des talons hauts avec un bikini ?

Moi, pour attirer un client.

— Marie ! crie Theo depuis le plongeoir.

Toute la foule reprend son cri et se met à applaudir quand Theo plonge dans le grand bain. Je souris, lui fais un signe de la main, et prends un verre.

Je m'avance jusqu'au bout de la piscine, je me place près d'une autre statue de marbre blanc. Elle représente un homme bien bâti. Je lui porte un toast, à lui et à ses attributs, avant de boire une gorgée d'alcool. *À Rome...*

Deux secondes plus tard, Theo jaillit juste devant moi. De l'eau goutte de ses épaules basanées. Ses muscles se contractent quand il se hisse sur le rebord de la piscine. Il se dirige vers moi, et de l'eau ruisselle sur les contours toniques de son ventre. Sur sa hanche, la panthère tatouée grogne. Elle est à l'affût.

— Vous n'êtes pas mal. Il faut que vous abandonniez vos lunettes.

Il tend la main vers elles et je le repousse. Il me décoche un sourire craquant.

— Je suppose que la fête commence quand vous les retirez.

C'est un abruti. Vraiment. Avec sa façon de dire ces choses atroces, en inclinant la tête, avec une légère invite dans le regard… Je ne peux refréner une bouffée d'attirance. Son rôle de play-boy est plus complexe qu'il le fait paraître. *Je ne fais que m'amuser*, me dit son sourire. *Tu veux jouer avec moi ?*

Putain, Vesper, tu as un don pour les choisir.

J'agrippe mon verre et lui fais un signe de tête.

— M. Kensington…

— Appelez-moi Theo.

Très bien.

— C'est une belle fête.

— Ravi que vous ayez pu vous joindre à nous. Je vois que vous avez renoncé.

— Pas du tout. (Sur ces mots, j'incline mon verre.)

Je soutiens son regard pendant que je bois. Quand je repose le verre, il me considère avec un nouveau respect. *Enfin.*

— Il faut qu'on parle.

— J'adore parler.

Il s'appuie contre la statue, se positionnant de sorte que je sois à l'abri derrière son corps. Nous sommes dans notre petit monde à nous. Mon cœur se met à tambouriner dans ma poitrine.

— J'aime faire d'autres choses aussi.

— Je sais. J'ai vu ce que vous aimez faire.

— Oh, vous n'avez pas tout vu.

— Vraiment ? J'en ai pourtant vu assez. (Je me transforme en Mlle Mavery.) Il n'y a rien de mal à ce qu'une célébrité fasse l'imbécile. C'est autorisé, on s'y attend presque. Vous n'êtes pas une célébrité. Vous êtes l'héritier d'une fortune, et le fils d'une princesse.

Il regarde la fête derrière nous, et fait un bruit à mi-chemin entre le soupir et le gémissement.

Je me penche vers lui pour attirer son attention.

— Votre père a construit quelque chose à partir de rien, et vous êtes en train de tout bazarder. En règle générale, il faut trois générations pour passer de la pauvreté à la richesse, puis revenir à la pauvreté. Ça ne vous en prendra que deux.

— Je n'ai pas l'intention d'avoir d'enfants.

Je prends une grande inspiration.

— Ensuite, il y a votre grand-mère.

Son visage devient livide. Son côté gamin disparaît

complètement, laissant place à un homme amer et en colère. Malgré ce changement, il est toujours aussi beau.

— Qu'est-ce qui se passe avec elle ?

— Elle voudrait renouer le contact. Elle veut…

— Non, répond-il.

—Qu'on soit bien clairs. La reine de Suède vous convoque pour une audience, et vous allez l'envoyer balader ? Ça ne vous intéresse même pas de savoir pour quelle raison elle veut vous rencontrer ?

Je me rapproche de lui. Un pas de plus, et mes seins effleurent son torse. *Charme-le.*

Il se frotte à mon épaule.

— Il y a d'autres choses qui m'intéressent.

Ses lèvres frôlent ma peau, et mon corps se met à vibrer.

— Tellement coincée, murmure-t-il. Vous avez besoin d'un bon orgasme. Je peux vous y aider.

— Peut-être plus tard, dis-je d'une voix aussi froide que possible, ignorant le fait que ma libido est passée de zéro à cent en trois secondes.

— Marché conclu, dit Theo, et cette promesse me fait frémir.

Je m'éclaircis la gorge et continue.

— Votre oncle est malade. Il pourrait mourir, ce qui vous place en première ligne pour le trône. Vous serez prince héritier.

— Je ne veux pas être prince, chuchote-t-il. (Son souffle chaud me lèche la peau.) Je suis déjà un dieu.

— Vous n'êtes pas un dieu. (Je passe mon bras entre nous et remonte mes lunettes sur mon nez, pour pouvoir lui adresser un regard noir digne de Mlle Mavery.) Vous êtes Paris Hilton au masculin.

— Merci, dit-il avec un rictus.

— Arrêtez ça, lui dis-je en repoussant son torse. (Son torse dur comme de la pierre, lisse comme de l'eau, qui n'aurait pas été plus parfaite si elle avait été sculptée par Michel-Ange.) Ça doit être fatigant de jouer les play-boys. Même moi je vois que vous êtes plus intelligent que ça.

Il se redresse, me scrute avec ses yeux couleur café noir.

— Qu'attendez-vous de moi ?

Il semble sérieux.

— Nous faisons une déclaration condamnant la sextape en tant qu'intrusion dans la vie privée. Nous attirons l'attention de la presse sur votre succès et vos exploits.

— Je n'ai rien de tout ça.

— Votre héritage, alors. Vous êtes le fils d'un immigré qui a travaillé dur pour entrer dans le classement Forbes des 100 personnes les plus riches du monde. Vous avez de grandes chances de devenir l'héritier du trône de Suède.

J'essaie de ne pas avoir l'air de ne pas y croire, mais ça paraît dingue. Ce grand étalon tatoué aux cheveux noirs, qui envahit mon espace de manière inappropriée, est un prince.

— Vous allez rester aux infos pendant un moment. Il est temps de façonner le message que vous voulez transmettre.

Il souffle un grand coup.

— Très bien. Je vais le faire. Les interviews, la déclaration, peu importe.

— Vraiment ? Vous en êtes sûr ?

— Oui, j'en suis sûr. Vous m'avez convaincu. Ça vous surprend ?

Il incline la tête. Par réflexe, j'incline la mienne dans le sens inverse. Je relève le menton, et mes lèvres vers les siennes.

— Vous êtes très convaincante, me susurre-t-il tandis que son souffle chaud me caresse le visage.

Parcourue d'un frisson, je ferme les yeux.

— Theo ! l'appelle une des blondes qui tient un shaker à margarita. (Elle parvient à faire les yeux doux à Theo tout en me jetant un regard de travers.) J'ai quelque chose pour toi.

Elle ouvre le shaker et verse le liquide glacé et collant sur sa poitrine. Ses tétons se dressent comme les commandes d'un avion de chasse.

— Il faut que j'y aille, déclare Theo avec une lueur diabolique dans le regard.

Il s'éloigne d'une démarche arrogante. Je vacille.

Il faut que je m'en aille aussi, et que je rédige une déclaration qui sauvera l'image de mon client. La conversation que nous venons d'avoir est une grande victoire. La langue de Theo, pleine de bonne volonté, lèche la tequila sur la peau de blondie qui pousse des cris de joie. À cet instant, je dois bien admettre que je n'ai pas le goût de la victoire.

* * *

— Mais qu'êtes-vous en train de faire ? Evans me toise quand j'entre dans le manoir.

Je porte toujours mon bikini et mes talons ; j'ai récupéré ma robe, mais je n'ai pas eu le temps de l'enfiler.

— Mon boulot. J'ai déjà rédigé la déclaration de Theo pour la presse. Il ne me reste qu'à appuyer sur « envoyer ». Mes contacts dans les médias se chargeront du reste.

Evans me regarde de travers. Il est de la vieille école, c'est le père de Theo qui l'a engagé. Il n'approuve sûrement pas les réunions de travail média au bord de la piscine.

— Vous m'avez embauchée pour faire un travail, me défends-je. C'est ce que je fais. Theo... M. Kensington est d'accord avec mon plan d'action.

— Vraiment ?

— Il est prêt à améliorer son image. En ce moment, j'organise quelques interviews pour lui. Il m'a promis de les faire.

Juste avant de coincer sa langue dans le décolleté d'une femme.

Il porte la main à son oreillette, écoute un instant, puis se dirige à grands pas vers la porte.

— Où allez-vous ? lui crié-je.

— M. Kensington vient de partir avec toute sa troupe. La dernière fois qu'il a fait ça, ils ont presque mis le feu à la résidence des Hamptons.

— Merde, soufflé-je, avant de me précipiter à sa suite.

CHAPITRE 4

Après un trajet effrayant, la Maserati orange se gare devant un trottoir en toute illégalité. Evans le suit de près.

Je détache mes doigts du tableau de bord. Theo conduit comme s'il courait les essais chronométrés pour les Indie 500, et Evans l'a collé aux basques tout le trajet. Le chef de la sécurité doit avoir l'habitude, et un juge dans sa poche pour payer les contraventions pour excès de vitesse de l'effronté.

— Où sommes-nous ?

Ce quartier de la ville n'a rien de familier, en dehors des magasins délabrés et des bâtiments hideux au milieu d'une jungle de béton. Nous sommes au nord de Manhattan, à quelques rues de la zone huppée, dans un quartier assez miteux.

— Au skate park. Un mois après avoir reçu son héritage, M. Kensington a acheté le terrain, et l'a fait construire.

— Évidemment, marmonné-je en regardant sa grande silhouette sortir de la Maserati, la planche de skate sous le bras.

Parce qu'il a douze ans.

— Je croyais que vous l'aviez convaincu ? me demande Evans en fronçant les sourcils.

— C'est ce que je croyais aussi.

Theo laisse tomber sa planche pour parler avec quelques amis qui sont arrivés en jeep. Ils sont maintenant tous en train d'exécuter des figures, montant et descendant des rampes en béton.

Sur la droite, un traiteur a installé une longue rangée de tables, couvertes de nappes blanches et de montagnes de nourriture. Des canapés et autres amuse-gueules, en plus d'une table entière réservée aux desserts, avec une tour de cupcakes. Les femmes sont assises à les regarder, prenant garde à ce que leurs robes d'été ne touchent pas les tags des gangs sur le béton.

Theo fait tourner son skate plusieurs fois sous ses pieds avant de monter et descendre les rampes. Il maintient avec grâce et aisance l'équilibre de son corps pendant qu'il exécute quelques figures. En fait, il est doué.

— Il a gagné une compétition à l'âge de seize ans, m'explique Evans.

—Ça pourrait m'être utile.

Je note mentalement de mettre Mina sur le coup.

Evans se lève et fait un signe à son équipe de sécurité.

— Nous avons de la visite.

Des gamins débraillés ont débarqué, t-shirts négligés, jeans baggy. Ils ont des planches déglinguées, et observent le groupe d'élite qui a empiété sur leur territoire.

— Attendez, lui dis-je. Ils ont l'air d'avoir dix ans. Ne les virez pas tout de suite.

Quelques-uns des garçons s'approchent vers le buffet. Comme personne ne les arrête, l'un d'eux attrape un bâton de poulet satay avant de revenir en courant vers ses amis.

— Ils prennent notre nourriture ! chouine l'une des filles.

— Ce n'est pas grave, dit Theo avec un geste de la main. Ils peuvent en prendre autant qu'ils veulent.

— Repliez-vous, ordonne Evans dans son oreillette.

Les gamins du voisinage envahissent les tables. Les traiteurs se précipitent pour amener d'autres assiettes. L'un des gamins tend la main au-dessus de la marée de desserts pour s'emparer du cupcake du dessus.

— Ils sont en train de tout manger ! prévient la blonde avec un air scandalisé.

Theo lève les yeux un instant. Il a retiré son t-shirt. Encore. Ses tatouages s'affichent dans toute leur gloire.

— Laisse-les manger du gâteau.

La blonde boude et retourne à la voiture avec son jeans de créateur élimé et ses talons ridiculement hauts.

Les gamins dévastent le stand de nourriture. Theo se joint à eux pour manger un mini hamburger, puis ils repartent tous vers les rampes.

Je me rapproche, et écoute Theo dicter les lois sur le terrain, faisant en sorte que les gamins utilisent les rampes chacun leur tour.

— Hé, je peux t'emprunter ton téléphone ? demandé-je à l'un des garçons.

Le jeune accepte, et je commence à prendre des photos. Theo accroupi en train d'examiner un skateboard avec trois gamins penchés par-dessus son épaule. Theo qui pointe du doigt le terrain, leur expliquant la meilleure manière d'aborder les rampes. Je fais une petite vidéo que je twitte, en ajoutant le hashtag le plus populaire au sujet de Theo.

— Qu'est-ce que vous avez fait ? me demande le gamin près de moi quand je lui rends son téléphone.

— Je t'ai rendu célèbre. (Les photos et la vidéo auront l'air plus authentiques s'ils proviennent de son téléphone.) Les camionnettes de la presse ne vont pas tarder à arriver, et les journalistes voudront te parler. Va demander à Theo si tu peux prendre une photo avec lui. S'il veut bien, je la prendrai.

— Cool !

Comme prévu, trente minutes plus tard, les paparazzi arrivent. Les flashs crépitent. Theo pose avec les gamins. Il échange son t-shirt de créateur contre celui, délavé, de l'un des garçons. Le gamin rayonne. Ils font des figures, et quand l'un des enfants réussit à faire une pirouette, Theo lui offre sa planche.

Quelques filles s'y mettent, distribuent des bouteilles d'eau et le reste de cupcakes. Blondie est toujours assise dans la Maserati, l'air renfrogné. Je lui souris avant de me diriger vers les journalistes pour leur faire une déclaration. Ce petit détour est un franc succès.

Quand je reviens, monsieur me fait signe.

— M. Kensington ?

Il se rapproche, penche la tête près de la mienne. C'est à ce moment que je me rends compte qu'il est blême.

— C'est quoi ce bordel ? Vous m'avez piégé ! C'est un putain de cirque médiatique ! enchaîne-t-il. Vous avez appelé la presse ?

— Non. J'ai pris une photo que j'ai twittée avec votre hashtag. Vous êtes un sujet brûlant.

— Je suis toujours brûlant.

Il flirte toujours, en dépit de son mécontentement.

— Je parlais des nouvelles.

Je rougis. Mon corps, cet imbécile, ressent sa colère, et trouve ça excitant. On ne peut pas nier l'alchimie entre nous.

— Vous m'avez promis quelques interviews, et ensuite vous êtes venu ici.

— J'ai cru que vous comprendriez le message.

— Vous vous attendiez à ce que j'abandonne aussi facilement ?

— Oui.

Il se rapproche, et son parfum envahit mes narines. Un soupçon de sueur assombrit ses cheveux soyeux.

— Eh bien, ce n'est pas le cas. J'ai l'intention de faire mon travail, que ça vous plaise ou non. Je suis une arrangeuse. Je suis rodée aux situations compliquées.

— Je n'ai pas envie qu'on m'arrange.

Il me domine, et son corps est une vague de chaleur.

— C'est dommage.

Bon sang, c'est carrément les chutes du Niagara dans ma culotte. Nous sommes si proches l'un de l'autre, on pourrait à peine passer une lame de couteau entre nous. Derrière cette dispute, il y a plus que l'aversion qu'éprouve Theo envers les médias. Il a enfin trouvé quelqu'un qui va lui tenir tête. Ce n'est pas plus mal que ce soit quelqu'un qu'il a envie de se taper.

— Vous vous êtes servie de ces mômes pour faire partie de ma séance photo personnelle. Et maintenant, vous racontez aux médias que je viens régulièrement faire du skate ici avec eux ? Une façon de rendre un peu de ce que j'ai ?

— Ce n'est pas une mauvaise idée. Vous avez construit le skate park, vous aimez venir ici.

— Je ne fais pas de charité…

— En fait, si. Depuis quinze heures aujourd'hui. Les avocats sont en train de travailler sur l'ajout de Planches pour Tous pour le fonds caritatif de Kensington. Vous faites don d'un million pour démarrer un programme de skate après l'école pour les ados du centre-ville. (Je lui adresse un sourire féroce.) J'ai déjà annoncé aux gamins que vous seriez là la semaine prochaine. À moins que vous ne vouliez vous désister…

Il serre les dents.

— Détendez-vous, Theo. C'est de la bonne pub. C'est bien pour vous.

— Putain, je ne suis pas venu ici pour...

— Je le sais bien. Comme je vous l'ai dit, les gamins se sont pointés, et vous vous êtes montré gentil avec eux. Parce que vous êtes un type sympa.

Je plante mon doigt dans sa poitrine. Je me fais mal. Ses muscles sont durs. Je ne réalise que trop tard que je viens de planter mon doigt dans la poitrine de mon patron. Ce n'est pas de ma faute. Le champ de force s'est activé.

Je retire ma main.

— Vous êtes un type sympa, répété-je.

— Non, c'est faux.

Il recule en secouant la tête. Il est encore plus sexy quand il est en colère.

— Ne recommencez pas ce genre de merde.

— M. Kensington !

Un homme portant un polo blanc et un pantalon de costume arrive en courant vers nous. Je saute presque entre les deux hommes.

— Pas d'interviews, dis-je, en espérant que Theo adoucisse son langage corporel avant que les caméras se tournent vers lui. (Il ne nous manquerait plus que ça, que Theo donne un coup de poing à un journaliste.) M. Kensington ne souhaite pas faire de déclaration à la presse pour le moment.

— Je ne suis pas journaliste. (L'homme lève les mains en guise de défense.) Mon nom est Roger White. Je dirige le Kids Club là-bas. (Il désigne un bâtiment gris le long du parc.) Je voulais tous vous remercier d'être venus et d'avoir interagi avec les gamins.

— Avec plaisir, répond Theo en serrant la main de M. White.

Toute trace de colère a disparu. Il est debout, grand et fier, incline la tête, et est aussi gracieux que s'il était le président en train de recevoir une récompense.

— Merci pour le travail que vous faites. Cet après-midi,

ce n'était qu'une goutte d'eau en comparaison.

— Je n'en suis pas sûr. Par exemple, dit-il en désignant d'un mouvement de tête deux préados qui semblent être de vrais jumeaux. Je connais Billy et Kenny depuis qu'ils sont tout petits. Leur mère travaille tard, alors ils viennent tous les jours dans nos programmes. Plus ils vieillissent, plus ils décrochent. Ce que vous avez fait aujourd'hui, ça représente beaucoup pour eux. Et pour moi.

— M. Kensington est à la tête d'un fonds à but non lucratif qui cherche à établir un partenariat avec les kids clubs des environs, balancé-je.

Theo fronce légèrement les sourcils, mais ne me corrige pas.

— J'adorerais en savoir plus, répond M. White. Je sais que vous êtes occupé, mais j'aimerais vous inviter à nos Olympiades juniors. C'est en ville. Les clubs de la côte est se retrouvent pour une compétition. Ça a lieu demain. Je sais que c'est à la dernière minute, et qu'avec votre emploi du temps…

— Je vais voir ce que je peux faire, lui répond Theo, qui remercie l'homme une fois encore, tandis que j'affiche un sourire satisfait.

— On peut y aller ? braille blondie depuis la Maserati

Mon client l'ignore, me prend par le cou et me guide vers la voiture. Cette attirance dingue s'invite une nouvelle fois entre nous, et je manque de trébucher en marchant sur le trottoir accidenté jusqu'au SUV noir.

Aux yeux de tous, il m'escorte à la voiture en bon gentleman, posant la main dans mon dos pour me stabiliser. Je sens la pression de ses doigts, qui me laissent une marque brûlante, radioactive.

Il rapproche ses lèvres de mon oreille.

— Qu'est-ce que je viens juste de vous dire au sujet des poses pour la presse ?

— Je ne vous l'ai pas envoyé, murmuré-je en retour, faisant fi des battements fous de mon cœur. C'était l'initiative de M. White.

Je grimpe dans la voiture et le regarde, espérant revoir le Theo qui jouait avec les gamins. Le véritable Theo, avec son regard doux et ouvert.

Mais au lieu de ça, il semble dur et fermé.

Je déglutis, et tente ma chance.

— Il a raison, vous savez. M. White. Vous avez fait quelque chose de bien aujourd'hui. Je suis désolée si j'ai tout gâché avec la presse.

Et je le suis. *Je pensais que la bataille se jouait entre nous et la presse. Pas entre toi et moi.*

Il me dévisage pendant si longtemps que je suis sur le point de prononcer son nom. La blondasse se remet à brailler, et il se secoue, rompant le charme. Dieu merci. Un peu plus, et je me serais jetée dans ses bras.

— On n'en a pas fini, me prévient-il avant de fermer la portière.

Je ne peux m'empêcher de frissonner sous le coup de la promesse et de la menace.

* * *

De retour au manoir, je me rends dans le bureau qui m'a été attribué pour consulter mon ordinateur portable. J'ai un email de Mina, avec deux mots. « Mission accomplie ». Je souris. Mina aime utiliser un langage codé quand elle pratique sa magie de hackeuse.

Mon téléphone sonne. Evans.

— Je viens de recevoir des ordres de M. Kensington. Il a dit qu'il se rendait aux Olympiades junior demain ?

Je souris et remercie le ciel pour M. White.

— Apparemment.

— Il a aussi demandé qu'il n'y ait pas d'autres médias, il affirme qu'il fera du bénévolat toute la journée.

Je tripatouille mon téléphone qui manque de tomber. Quand je le repose sur mon oreille, M. Evans a continué :

— … avant de s'envoler pour la Suède.

— Il est d'accord pour aller en Suède ?

— Pas encore.

— Ça va venir, dis-je en frappant le plateau de bois de mon bureau.

Je vais lui faire accepter de rencontrer sa grand-mère la reine, même s'il faut pour ça que j'enfile un bikini et que je lui accorde une lap dance.

— Mes hommes surveillent les médias. Apparemment, d'autres sextapes de Pepper Spice sont ressorties. Elle a dû en faire une de tous les types avec lesquels elle a couché. C'est dans toutes les émissions consacrées aux célébrités.

Bien joué, Mina.

— Ça devrait un peu détourner l'attention de mon petit protégé.

— C'est ce que je vois. (Evans s'éclaircit la gorge.) Je ne sais pas comment vous vous y êtes prise, mais continuez comme ça. Nous pourrions bien convaincre le conseil de lui donner une seconde chance.

Quatre heures plus tard, je referme mon portable. J'ai planifié une interview pour Theo jeudi, et publié sa déclaration demandant à la presse de respecter sa vie privée. J'ai poussé quelques amis à se pencher sur le cas de Pepper Spice, qui ressemble de moins en moins à une source crédible, et de plus en plus à une pétasse opportuniste. Je n'aime pas faire des coups bas pour laver un client, mais si Pepper donne dans la calomnie, autant attirer l'attention des caméras sur elle.

Je viens juste de terminer de dîner quand mon téléphone sonne à nouveau.

— Il est parti, grogne Evans.

— Encore ? Mais je pensais que vous lui aviez pris ses clés ?

— C'est le cas. Il a dû prendre la Porsche.

— Cet homme possède dix voitures. Il faut lui confisquer toutes ses clés ! (Je me dirige vers la fenêtre et ouvre les rideaux, comme si je m'attendais à voir Theo débarquer dans son allée.) Nous partons demain à huit heures. Nous n'avons pas le temps de le sortir d'un bar et de le faire dessaouler. On ne peut plus attendre. Nous manquons de temps.

— Je sais. Nous essayons de localiser son téléphone.

Je m'éloigne de la fenêtre, et me frotte les tempes. Mon mal de tête était parti, mais je sens que son retour sera pire.

— Il ne pourrait pas tout simplement être à la piscine avec le reste de sa bande ?

— Il les a renvoyés chez eux. Je croyais qu'il allait dans ses quartiers. Nous sommes en train de fouiller la résidence à sa recherche.

— Très bien. Je vais vous aider.

Je remballe mon portable et me dirige vers ma chambre. S'il faut que je coure après mon client, je le ferai en Nike, pas en Louboutin.

Je peste en parcourant les couloirs dorés.

— Cette espèce de maudit con a intérêt à garder sa maudite queue dans son maudit pantalon de dieu de la baise s'il ne veut pas que je le lui agrafe…

J'ouvre la porte de ma chambre et m'arrête net.

À l'autre bout de la pièce, Theo me sourit.

Mon téléphone sonne. Je réponds.

— Je crois qu'il est toujours là, assure Evans.

— Je l'ai trouvé. Arrêtez vos recherches. On se voit demain matin.

Je raccroche pour éviter les questions du chef de la sécurité. Le prince est allongé dans mon lit.

CHAPITRE 5

— Je vous ai manqué ? me demande Theo.

— Ôtez vos chaussures de mon lit, lui ordonné-je, avant de passer devant lui pour gagner la salle de bains.

Je m'appuie contre la porte.

Son torse nu, son mètre quatre-vingts et les vingt-cinq centimètres qu'il a dans le pantalon (heureusement, il porte un pantalon) suffisent à faire exploser mes ovaires.

Si je survis à cette nuit sans me frotter contre lui, je serai vraiment très surprise.

Je dois. Incarner. Mademoiselle. Mavery.

Je rouvre la porte, espérant à moitié qu'il soit parti.

Pas du tout. Il est toujours là, allongé sur le dos, ses biceps et triceps bien en évidence sur le couvre-lit, la tête dans ses mains. Il a retiré ses chaussures. Il a l'intention de rester.

Une partie de moi se résigne instantanément au fait qu'il soit là, et que notre attirance soit aussi inexorable que la gravité sur Terre. Une partie de moi a envie de lui sauter dessus.

Ce serait tellement facile.

Comment un homme peut-il être aussi beau ? Et riche. Et intelligent. Et célèbre.

Putain, c'est pas juste.

—Vous allez me demander pourquoi je suis là ?

— Non, assené-je en fouillant ma valise pour y trouver le pantalon de yoga le plus baggy que je possède.

Si je le porte avec un t-shirt géant qui proclame « J'aime New York » et mes lunettes à monture noire façon Sarah Palin/Tina Fey, je crois que j'ai la tenue tue-l'amour parfaite.

— Je sais ce que vous êtes en train de faire, continué-je en me relevant, vêtements à la main, avant de retirer mes talons. Vous me rendez la vie difficile. Et ce depuis que j'ai posé le pied sur le pas de votre porte.

— J'ai accepté de faire tout ce que vous vouliez.

— C'est la raison pour laquelle je ne vous fous pas à la porte. Il vous faut une bonne nuit de sommeil avant la journée de demain, et à moi aussi. Autant que ce soit ici, je peux garder l'œil sur vous.

— C'est ce qu'on va faire ? (Il hausse un sourcil.) Dormir ?

En guise de réponse, je referme la porte de la salle de bains. Je me lave le visage, et enfile mon armure. Après avoir posé mes lunettes sur mon nez, j'étudie mon reflet. J'ai un joli visage. Pas autant que celui de Theo, mais j'ai une carrure fine et un visage d'elfe, qui me valent pas mal de regards dans le métro. Si on ajoute à ça mes longs cheveux blonds qui flottent derrière moi comme un drapeau doré, j'ai droit à mon lot de regards appuyés.

J'ai suffisamment attiré l'attention pour toute ma vie. Cependant, pour une raison qui m'échappe, j'ai envie que Theo me regarde.

Au bout d'un long moment, je finis par détacher mes cheveux.

Quand je sors de la salle de bains, l'intéressé s'assied, et je sais que je viens de faire une erreur.

Son regard brûlant posé sur moi m'apparaît comme une victoire.

— Non, nous n'allons pas dormir. Nous allons parler.

— Juste parler ?

Il hausse à nouveau un sourcil.

— Juste parler.

Je me tourne vers la commode pour enlever mes boucles d'oreilles.

J'entends le froissement du tissu, et la chaleur s'abat sur mon dos. L'incroyable présence sexuelle de Theo m'enveloppe.

—Tu en es sûre ? murmure-t-il en enroulant son bras autour de ma taille.

Bon point pour lui, parce que mes jambes ont failli lâcher.

Il m'attire contre lui, et je perds la tête. Quelque chose de long et de très très dur se colle à mes fesses.

— C'est du harcèlement sexuel !

Mon corps frêle fond contre le corps immense de celui qui me fait la cour.

— Ah oui. Comment ça ?

Il tire sur le col de mon t-shirt et dépose un petit baiser sur mon épaule.

Il me faut toute ma volonté pour ne pas me retourner et enrouler mes bras autour de son cou. Il est très dur et chaud.

— Euh…

— Pourquoi tu ne me raconterais pas tout ça… au lit ?

Il s'éloigne et me tire avec lui, vers le lit.

Je marche prudemment, comme si je pouvais accidentellement tomber, et atterrir sur sa queue.

Hé, ça pourrait très bien arriver. En dépit du pantalon de yoga baggy.

Mais dès que j'arrive sur le lit, je m'éloigne et me glisse sous les couvertures.

— Non. Vraiment, non.

Je l'arrête en voyant qu'il s'apprête à faire de même.

Il sourit et s'allonge sur la couette, sur le côté, face à moi.

— Tu ne me fais absolument pas confiance, hein ?

— Pas le moins du monde, M. le dieu de la baise. Ta réputation te précède. Comme on fait son lit, on se couche.

— Du moment que je peux m'y coucher avec toi.

Je lève les yeux au ciel.

— Détends-toi, Casanova. Tu ne me séduiras pas ce soir.

Il dessine les motifs de la couverture, son doigt s'aventurant dangereusement près de mon sein.

— Peux-tu vraiment m'en vouloir d'essayer ? Tu es sexy.

Je lui jette un regard noir.

— Oh, allez. Tes lunettes n'arrivent pas à le cacher. Même si elles me déclenchent des tas de fantasmes...

— Vos répliques sont datées, M. Kensington, dis-je d'un ton sévère.

— Couche avec moi, gémit-il en roulant sur le dos.

— Non. Ça n'arrivera pas. Je ne couche pas avec des garçons qui sont plus beaux que moi.

— Je ne suis pas un garçon. Je suis un homme.

— Alors, conduis-toi comme tel. Le skateboard ?

— J'aime ça. J'ai gagné une compétition...

— Quand tu étais ado. Tu as vingt-huit ans.

— Tu as quel âge ?

— Ça ne te regarde pas.

Il a les yeux qui brillent.

— Je peux en faire mon affaire. Je vais de ce pas appeler Evans...

— Vingt-six ans.

— Tu es jeune.

— L'âge, ce n'est qu'un chiffre. J'ai de l'expérience.

Il sourit.

— En tant que spécialiste des médias, précisé-je. Mes cinq derniers clients...

— Je connais tes clients. J'ai lu ton dossier.

— Tu lis ? rétorqué-je d'un ton narquois, et il me fait une grimace.

Je le frappe avec un oreiller, mais il me l'arrache des mains et le pose sous sa tête.

C'est agréable. C'est confortable. Du moins, aussi confortable qu'on peut l'être avec toute cette tension sexuelle entre nous. L'air est chargé d'électricité, comme avant un orage.

— Je suppose que tes lunettes te donnent l'air plus âgé. Plus… expérimentée. Alors qu'est-ce qui t'a décidée à devenir arrangeuse ?

— Tout le monde a ses secrets.

Il met sa tête plus près de la mienne.

— Tu vas me dire les tiens ?

Je remonte le drap sous mon menton.

— Si tu me racontes le tien, je te raconterai le mien.

— Il est trop tard pour ça. Ton pénis est partout sur internet. Tu n'as plus aucun secret. (Je fais gonfler mon oreiller, et m'enfonce dedans en lâchant un soupir.) Certes, tu n'as jamais eu beaucoup de vie privée. Milliardaire, fils d'une princesse. Tu as vécu toute ta vie sous les projecteurs. Ça doit être lassant.

— Effectivement, répond-il doucement, et il y a une pointe de tristesse dans sa voix, un soupçon de l'homme que j'ai déjà vu.

Plus vieux et plus sérieux que le play-boy que le monde entier connaît. Doux et ouvert, capable d'être blessé.

Je suis peut-être la seule à avoir vu le vrai Theo.

— Tu es tellement belle, dit-il, et mon cœur s'arrête.

Son ton n'a rien de séducteur, on ne sent pas son charme irrésistible. Il est sérieux, il énonce un fait. Mais je suis parfaitement consciente de sa main posée sur le lit entre nous, à une dizaine de centimètres de ma hanche. Il ne faudrait pas grand-chose pour qu'il la fasse glisser en avant, descende les couvertures et découvre ma peau nue sous le t-shirt informe. Je ne serais pas choquée qu'il me touche.

Nous deux, allongés côte à côte, sans nous toucher, c'est ça qui est choquant. Être au lit avec Theo, ça paraît inévitable.

Ce n'est pas pour autant que c'est bien.

Je pince les lèvres et contemple le plafond.

— La première fois que je t'ai vue, j'ai cru que tu étais, je ne sais pas… mannequin, ou un truc du genre, avoue-t-il. Un joli minois envoyé pour me vendre quelque chose. Puis tu as ouvert la bouche, et…

— Quoi ? Les belles femmes ne peuvent pas être intelligentes ?

— En général, je ne fréquente pas les femmes pour leur intelligence.

— Pepper Spice est maligne. Elle a transformé une nuit avec toi en un fait médiatique avec un contrat d'édition à la clé. Je suis effectivement un joli minois envoyé pour vendre quelque chose. Je vais vendre au monde Theodore Kensington : un bon et honnête citoyen. Et tu sais quoi ? Ce ne sera même pas un mensonge.

— Toute ma vie est un mensonge.

— De quoi est-ce que tu parles ? Tu vis dans un manoir, dans l'un des quartiers les plus chers du monde. Cet endroit est quasiment un palais.

—Je déteste cet endroit. Mon père l'a construit pour ma mère. Dix ans après sa mort. Il n'a jamais cessé de l'aimer. Jamais cessé…

— D'essayer de faire ses preuves ?

— Ouais, dit-il avec un rire malicieux. Apparemment.

— Donc tu as eu une enfance difficile. Ce n'est pas rare.

— Et toi ? Il tourne un regard si profond vers moi que je détourne le mien.

J'ai envie de me recroqueviller, de faire le bernard-l'hermite dans sa coquille. *Ne me regarde pas.*

Pourtant il le fait. Impossible de se cacher de la profondeur de ses yeux bleu foncé.

— Raconte-moi une chose à ton sujet, Vesper Smith. Quelque chose de vrai.

— Action ou vérité ? plaisanté-je, regrettant immédiatement d'avoir prononcé ces mots.

Theo est allongé sur le flanc, son regard sombre rivé sur mes courbes sous la couverture. Je suis humide et prête, mon corps n'attend qu'une chose : qu'il fasse le premier pas. À ce stade, une « action » serait très dangereuse.

Je déglutis.

— Je viens d'une petite ville. Fille unique.

— Tes parents ? m'interroge-t-il, plus déterminé que jamais.

Son aura sexy est impressionnante.

— Rien que ma mère. Elle travaillait beaucoup.

— Tout comme mon père.

— Ouais, eh bien au moins tu n'as pas eu besoin de bons alimentaires.

— Pas de carrière de mannequin ?

— Non. Les jolies filles de ma ville terminaient au club de striptease.

— Comment tu t'en es sortie ?

— Le travail, la volonté. Un peu de chance. J'ai eu un professeur qui croyait en moi. C'était la bibliothécaire de l'école. On a sympathisé. Je pensais que tous les livres lui appartenaient. Elle était gentille avec moi. Elle m'a dit que je pourrais aller à la fac, et je l'ai crue.

— Tu y es allée ?

— Pour une licence et un master.

— Voilà une fille intelligente. Tu as obtenu des bourses d'études ?

— Des emprunts, surtout. Et j'ai travaillé aussi. (Je touche mes lunettes.) J'ai fait un stage chez une réparatrice qui m'a appris tout ce qu'elle savait. Et me voilà.

— Au lit avec moi.

— Ça ne figurera pas sur mon CV.

Il rit, je me tortille pour lui faire face. La chaleur de nos deux corps est vive. L'électricité circule entre sa peau bronzée et la mienne. Même couverte d'un drap blanc, je la sens.

Je m'humecte les lèvres.

— Tu sais ce qui me rendrait très, très heureuse ?

— Je crois que j'ai ma petite idée.

Je vois le diable dans son sourire.

Je lève un doigt.

— Une interview. En prime time. Je peux passer un coup de fil…

— Non.

Il s'écarte de moi, quelques centimètres seulement, mais ça y est, le rempart s'érige de nouveau entre nous.

—Que penses-tu de ça ? Les gamins que tu as rencontrés aujourd'hui, ceux qui vont à l'événement demain ? Offre-leur des chambres. Tu possèdes un hôtel à quelques pâtés de maisons.

À présent, c'est lui qui est étendu sur le dos à contempler le plafond pendant que je me penche vers lui.

— Ce serait un gros geste, ajouté-je. Ça leur ferait leur année. Je te promets de ne rien faire fuiter dans la presse. Tu te montres, et les mômes se sentiront spéciaux.

— Est-ce que c'est vraiment une bonne chose pour ces enfants d'être vus avec moi ? Ma réputation…

— Tu ne te limites pas à ta vie sexuelle, même si tu as essayé d'en convaincre tout le monde. Est-ce tout ce que tu as envie d'être ? Tu es un putain de milliardaire. Je sais que ça ne représente pas grand-chose à tes yeux parce que tu es né comme ça, mais tu te rappelles Billy et Kenny ? Leur mère fait des services doubles chez Denny's en tant que serveuse. Leur père est en prison. Toi plus que quiconque sais ce que c'est que d'avoir un parent qui travaille tout le temps, et un qui n'est plus là.

Il tressaille.

— Tu pourrais faire la différence dans leurs existences si tu en avais envie. Tu dois juste te dépasser.

Je m'affale sur le dos, mon grand discours terminé.

Le silence s'installe entre nous un bon moment.

— Je ne veux pas te harceler. Je veux que tu comprennes tout le bien que tu peux faire. Ça ne signifie pas nécessairement dire adieu à ta vie de fêtard. Ni même à ta vie sexuelle.

— Tu peux me harceler quand tu veux.

J'abandonne, et programme le réveil sur mon téléphone puis j'éteins la lumière.

Theo remue derrière moi, et colle son corps au mien, s'alignant contre moi.

Son bras m'entoure par-dessus la couverture.

Mon corps est sur le qui-vive, retenant son souffle. Je m'attends à ce qu'il m'attire contre lui, m'embrasse, et me fasse toutes sortes de choses cochonnes, qui choqueraient même une star du porno, sans parler de Mlle Mavery.

Il n'en fait rien, alors je me rendors.

* * *

Je me réveille en sursaut quand mon téléphone se met à vibrer comme une abeille en colère.

Je l'attrape et plisse les yeux pour voir ce dont il s'agit. Trois heures du matin.

— Tu es obligé de laisser ce truc allumé ? me demande Theo.

49

En dormant, il a mêlé ses jambes aux miennes, nous liant l'un à l'autre.

J'éteins mon portable, et laisse le dieu le prendre et le poser de côté.

Son sexe me touche pendant que je me réinstalle. Il ne dit rien de plus, mais au son de sa respiration, je sais qu'il est bien réveillé.

— Theo ?

— Mmmh ?

— Pourquoi ta mère n'a jamais voulu te rencontrer avant aujourd'hui ?

C'est une question brutale, mais l'obscurité adoucit le choc.

— C'est ce que je me suis toujours demandé, répond-il d'une voix étouffée. Mon père m'a dit qu'elle le détestait. Qu'elle haïssait le fait que sa fille se soit enfuie en abandonnant toute son éducation.

Elle a tourné le dos à son propre petit-fils ? Comme c'est triste.

— Mon père s'est mis au travail pour prouver sa valeur. Il a construit un empire. Et ensuite, il est mort.

La voix de Theo est empreinte d'amertume.

— Je suis désolée. Tu mérites d'avoir une famille.

Tu mérites d'être aimé.

Il me serre plus fort, et je lui prends la main, caresse son poignet. Ses doigts serrent les miens, avant de glisser vers le bas.

— Qu'est-ce que tu fais ?

Sa main effleure mon ventre, franchit la barrière de mon t-shirt informe, avant de glisser sous mon pantalon de yoga. Je retiens mon souffle quand il caresse mon intimité chaude et palpitante.

— Theo…

— Chut, marmonne-t-il. Tu as besoin de ça.

J'ai besoin de ça, l'entends-je dire dans ma tête. Éluder les émotions difficiles grâce à une vie sexuelle débridée. C'est l'histoire de sa vie.

À cet instant je n'en ai cure. Ses doigts me caressent de haut en bas, avec la plus grande légèreté. Mon désir s'emballe. Je gémis et il s'enfonce davantage, en aggravant la douleur.

C'est une mauvaise idée.

— Non, pas du tout, dit-il, et je me rends compte que j'ai parlé à voix haute. Laisse-toi aller. Laisse-moi prendre soin de toi.

Je me détends, à l'exception de mes hanches qui basculent d'avant en arrière sous sa caresse. Son index repère ce point juste à côté de mon clitoris et le titille jusqu'à ce que je m'agite. Le plaisir monte en moi, menaçant de prendre le dessus. C'en est trop. J'ai envie de m'écarter. Theo pose sa jambe sur la mienne, m'emprisonne, m'obligeant à rester immobile pour que mon orgasme me rattrape.

Mon extase s'épanouit, s'étend dans mon corps à bout de souffle, et fait le vide dans mon esprit. Theo poursuit ses caresses légères jusqu'à ce que mes muscles internes se contractent, en proie aux spasmes, exigeant davantage.

Je soupire et me fonds plus encore contre son corps. *Un dieu sous les draps.*

— Merci, lui murmuré-je, et il m'embrasse dans la nuque.

— Dors.

Ce que je fais, me demandant si je parviendrai à ce que la queue de Theo reste loin de la presse, et de mon pantalon.

* * *

Les Olympiades juniors ont lieu au stade du centre-ville. Nous quittons le manoir à huit heures du matin, dans un convoi de SUV. Theo a choisi de faire la route avec moi.

Durant tout le trajet, je regarde mon téléphone d'un air renfrogné, faisant défiler les fils d'actualité, mais je le sens qui m'observe.

Les ragots que Mina a déterrés hier au sujet de Pepper Spice ont fait leur effet, détournant l'attention de Theo. Entre son communiqué sobre que j'ai rédigé, et sa séance de photos positive au skate park, son image est nettement meilleure. Les gens sont prêts à pardonner plus rapidement un type riche et séduisant, ainsi que ses exploits sexuels plus que n'importe qui d'autre.

— Nous sommes arrivés, fait savoir Evans en se garant devant le stade.

— Pas de presse, murmure Theo alors que nous entrons, et je hoche la tête.

Il reçoit un t-shirt de bénévole gratuit, et j'ai une furieuse envie de saisir mon téléphone, prendre une photo et l'envoyer à mon ami chez Good News, America.

Au lieu de ça, je prends moi aussi un t-shirt, et je me lance.

La journée passe tel un tourbillon. À un moment, Evans m'appelle pour m'apprendre que le Wall Street Journal veut faire un article sur le père de Theo et Kensington Inc. et qu'ils voudraient y inclure une citation de Theo.

— Dites-leur que nous sommes en pleine préparation pour une audience avec la reine de Suède, et que nous aurons quelque chose pour eux d'ici vendredi.

Je ne peux qu'espérer que Theo mette de la bonne volonté pour améliorer son image d'ici là. Au moins, aujourd'hui, il semble s'amuser. Les gamins qui s'agglutinent autour de lui ne le dérangent pas le moins du monde. Il y a aussi pas mal de parents, qui demandent des photos avec lui. Les prouesses de Theo sur un skateboard suffisent à le rendre populaire auprès des enfants, et son statut de personnage public sulfureux, au même titre que les Kardashian, en fait une petite célébrité auprès des adultes.

Les biceps de Theo fléchissent quand il soulève un gosse pour lui faire faire un slam dunk. Ses tatouages dépassent de son t-shirt de bénévole. Son sourire attire les mères en pantalon de yoga comme des mouches sur du miel. Leurs pantalons sont moulants, d'ailleurs.

— Je croyais que tu ne faisais pas de photos, lui reproché-je au déjeuner.

— J'ai dit pas de presse. Je me fiche que les gamins veuillent des photos. (Il me propose sa bouteille d'eau ; je secoue la tête, et il la rebouche.) Pourquoi, tu es jalouse ?

— Non.

Il passe un bras autour de moi. Je le repousse, tente de me libérer, mais il est trop fort. Son parfum viril m'envahit, un mélange d'eau de Cologne sexy et l'odeur du popcorn qu'ils vendent au stade. Il sent comme un ado qui a son premier rencard.

J'ai les joues qui brûlent au souvenir de cette nuit.

— Hé !

Il appelle ses nouveaux potes de dix ans. Tu prends une photo de nous ?

— Euh…

— Souris, m'ordonne-t-il, alors je m'exécute.

* * *

Theo a fait venir une limousine qui passe prendre les gamins du Bronx pour les emmener à l'hôtel. Ils ont des sourires immenses, et sont excités comme des puces. M. White serre la main de Theo, et le remercie encore.

— Allez, Marie, murmure-t-il en me prenant la main.

Un courant remonte dans mon bras, comme si je m'étais cogné le coude.

À l'arrière de notre propre limousine, je pose ma tête contre l'épaule. Jamais plus je ne voudrais bouger. Le t-shirt de bénévole met parfaitement en valeur sa peau hâlée. J'ai envie de grimper sur ses genoux et de me blottir contre lui.

Je me change les idées avec mon téléphone, consulte mes réseaux sociaux, et comme je suis en service, ses pages publiques aussi.

— Regarde ça !

Je lui montre sa page sur Lookbook.

Il se penche plus près de moi et ses cheveux me chatouillent. Je m'éclaircis la voix et fais défiler toutes les photos de lui avec les enfants. Il y en a une de lui à genoux à côté d'un adorable gamin en fauteuil roulant. Le sourire de Theo me fend le cœur.

— Tu as beaucoup de bons commentaires !

Il plisse les yeux. Avant que j'aie le temps de dire quoi que ce soit, il prend mes lunettes et les pose sur son nez. J'ouvre la bouche, mais les montures noires soulignent sa beauté, et pendant une seconde j'en ai le souffle coupé. Bon sang, Theo l'intello est terriblement sexy.

Les sourcils froncés, il essaie de lire l'écran avant de reculer la tête ; puis il ôte mes lunettes.

— Vesper, elles sont…

— Fausses, complété-je avec un sourire penaud. Tu m'as grillée. Tu as besoin de lunettes pour lire ?

— Je ne lis pas, tu te souviens ?

Il se renfrogne.

—C'est juste que tu n'en as pas envie. Tu évites tout ce qui pourrait te donner l'air responsable ou intelligent.

— C'est pour ça que tu portes ces trucs ? (Il me rend mes lunettes.) Tu penses qu'elles te donnent l'air plus intelligent ?

— Peut-être.

Je les prends, et les fais tourner dans mes mains. Les

lignes noires. Le verre transparent. Ça me paraît tellement idiot. Je les glisse dans mon sac à main avec mon téléphone.

— Pourquoi tu ne dis pas à ton médecin que tu as besoin de lunettes ? demandé-je à Theo. Pourquoi pas une chirurgie laser ?

Il s'écarte de moi sur le siège.

— Je te l'ai dit. Je ne lis pas. J'ai à peine réussi le lycée. J'ai échoué à la fac. Ça ne m'intéressait pas. Ce que je ne comprends pas, c'est pourquoi tu portes des lunettes factices. Tu n'as pas besoin de quoi que ce soit pour te donner l'air intelligent.

— Je me suis payé mes études, laissé-je échapper. Je travaillais dans un bar. J'avais de très bons pourboires.

— Tu m'étonnes.

— Laisse tomber.

Il me prend la main.

— Non. Dis-moi.

— Je gardais les cheveux longs. J'avais peur de les couper et de moins attirer l'attention. De me faire moins d'argent.

Je me rends compte que j'ai tiré ma queue de cheval sur mon épaule et que je la triture. Je m'interromps.

— Un jour, un type est entré. Un gros client. Je flirtais avec lui. Il m'a dit qu'il était propriétaire d'un club et qu'il cherchait une nouvelle barmaid. Il m'a proposé un boulot.

— Tu l'as accepté ?

— Je l'ai accompagné à son entreprise dans la grande ville. C'était un club. Uniquement sur adhésion, cinquante-deux mille dollars par an. Il y avait beaucoup de filles en mini robes et des hommes âgés.

— Des sugar babies avec leurs sugar daddies[1].

— Ouaip, dis-je en déglutissant difficilement. C'est ça que les gens voient quand ils me regardent. De longues jambes, des cheveux blonds. Ils pensent que je pourrais être manne-quin, ou stripteaseuse, ou…

— Ils ne voient pas que ça. (Il récupère les lunettes qu'il me repose sur le nez.) Ce n'est pas parce que tu es terriblement sexy que tu n'es pas intelligente.

Ce n'est pas ce que les gens voient.

— Regarde-toi, Vesper Smith. Tu rachètes une conduite aux mauvais garçons.

— Je n'en suis pas si sûre.

— Tu es en train de me faire changer, insiste-t-il. Plus tard dans la semaine, tu vas rencontrer la reine de Suède.

Je me fige.

— Tu y vas ?

— Pourquoi pas ? C'est une personne normale.

— C'est ta grand-mère.

— Ouais, jusqu'ici, elle s'est révélée être une grand-mère formidable.

Je pose la main sur son genou.

— Ça a dû être très dur pour elle de perdre ta mère.

— Ça m'a fait du mal à moi aussi. Mon père ne s'en est jamais remis.

J'attends, mais il n'ajoute rien. Je retire ma main de son genou. Je devrais sûrement arrêter de le toucher autant.

C'est alors qu'il pose la main sur ma nuque. Lentement, il retire mon élastique et passe les doigts dans mes cheveux. Je ferme les yeux de plaisir.

— J'aime tes cheveux. Mais ça ne me dérangerait pas si tu les coupais.

— Merci.

— Tu as intérêt à venir en Suède avec moi. Tu as plus l'air de faire partie de la royauté suédoise que moi.

— Mouais.

Je m'écarte de lui pour regarder par la vitre. Nous sommes presque arrivés à l'hôtel, joyaux de la couronne du portefeuille Kensington. Cinquante-deux étages, avec vue sur Central Park.

Comment ai-je atterri ici ? J'ai l'impression d'être un imposteur.

— Une interview, lance soudain Theo.

— Quoi ? Je détourne les yeux du parc.

— Je fais une interview. Pour mettre mon histoire au clair. Après ça, je me tiendrai à l'écart de la presse.

— Je peux m'en occuper.

Je lui souris et sors mon téléphone, prête à programmer l'interview avant qu'il change d'avis.

J'ai une notification d'alerte news Google. Je fais défiler le dernier bulletin.

— Oh… soufflé-je.

— Quoi ?

— Ton oncle est mort, lui dis-je alors que le SUV s'arrête devant l'entrée majestueuse de l'Impérial de New York. Félicitations ! Tu es le nouveau prince héritier de Suède.

CHAPITRE 6

La porte s'ouvre sur une nuée de paparazzi. Les flashs crépitent. Les journalistes crient de tous les côtés.

— M. Kensington, scande Evans.

Des hommes en costume noir se précipitent et nous entourent. Theo me protège de son corps alors que nous nous ruons à l'intérieur.

— C'est partout aux infos, nous annonce Evans.

— Putain, s'exclame Theo en se passant une main dans les cheveux. J'en ai ras le bol de tout ça. Qu'est-ce qu'on fait ?

Lui et Evans se tournent vers moi.

— Tu es désormais la personne la plus intéressante aux yeux de la planète. Si tu pensais être connu avant… Je vais faire une déclaration spécifiant que toi et ta famille êtes en deuil. Nous partirons plus tôt pour la Suède.

— Et l'interview ?

— Nous avons encore le temps d'en faire une. Je peux te faire passer sur *Good News, America* demain. En fait, je peux te faire passer à l'antenne où on veut. Je connais Reba Hamilton, la présentatrice. Elle adorerait t'interviewer, et elle sera sympa. Classe.

— Laisse-moi le temps d'y réfléchir, répond le prince.

— Nous allons vous emmener dans un endroit sûr.

Evans nous conduit à un ascenseur privé. Cinquante-deux étages plus tard, nous pénétrons dans la suite penthouse. Les costumes noirs nous précèdent et d'autres nous suivent à l'intérieur.

— Nous avons triplé ta sécurité. La Suède nous envoie aussi un agent de liaison.

— Est-ce qu'il va falloir que j'apprenne le suédois ? plaisante mon séduisant interlocuteur.

— Peut-être ! Les sondages disent que tu es très populaire là-bas. Je m'attends à ce que la reine ait une longue liste de choses à te faire faire avant que tu sois officiellement intronisé.

Des lignes de tension sont apparues au coin de ses yeux aux longs cils. Ses épaules musclées sont légèrement voûtées.

— Je pourrais avoir un peu d'intimité ? Je voudrais m'entretenir avec ma consultante média.

— Est-ce que ça va, Prince Theodore ? demandé-je une fois que les costumes et Evans sont partis.

— Ne m'appelle pas comme ça.

— Tu préfères Mon Seigneur ?

Il sourit, s'avance vers moi, et soudain le prince play-boy est de retour.

— Je préfère être un dieu.

Je bas en retraite, et il continue de s'avancer jusqu'à ce que mon dos heurte le mur. Il pose une main au-dessus de ma tête et se penche.

— En fait, c'est comme ça que tu m'appelleras ce soir.

— Dans tes rêves, skater boy ! (Je me glisse sous son bras pour m'échapper.) Bon, l'interview. Est-ce que tu as changé d'avis ?

Il est toujours appuyé contre le mur, le regard dans le vide.

— Dîne avec moi.

— Quoi ?

Il me regarde, et tous mes muscles se contractent parce que son désir se lit dans ses yeux.

— Dîne avec moi, Vesper.

— Pourquoi ? murmuré-je.

— Aujourd'hui, le bénévolat, ça t'a amusée ?

— Euh, je crois.

Le voir changer d'humeur et passer de sexy à sérieux me donne le vertige. C'est presque comme si le véritable Theo essayait de se libérer, et de me séduire en même temps.

— Tu avais l'air de t'amuser.

— C'est le cas. Je veux dire, toutes ces personnes qui voulaient prendre des photos avec toi, c'était agaçant.

— Depuis quand tu ne veux pas de photos de moi ? C'est juste que tu n'as pas apprécié les mamans sexy.

— Ce n'étaient pas des mamans sexy. Leurs pantalons de yoga étaient bien trop moulants.

Il me sourit.

— Bon, très bien. Je me suis amusée.

— Dîne avec moi. Tu n'as qu'à dire que c'est pour le boulot. Apprends à connaître le vrai moi.

— Pour le boulot ? Il y a un instant, tu m'as dit que tu me voulais dans ton lit.

— Je veux que tu me qualifies de dieu. Pas forcément dans un lit.

Je gémis.

— Hé, tu représentes ma queue tout autant que moi. Tu devrais l'essayer.

— C'est la conversation la plus bizarre que j'ai jamais eue. (Je lève les mains en l'air.) Très bien. Tu veux dîner avec moi ? Tu fais l'interview demain.

— Vendu, me répond-il, et je me rends compte que je me suis fait avoir.

Trop tard. Il va jusqu'à la porte et rappelle Evans. Je passe les heures suivantes à confirmer l'interview pour demain, rédiger et publier une déclaration, et débriefer avec Evans et Theo.

— Ton avion privé est en standby, déclare le chef de la sécurité. Nous pouvons partir pour la Suède dès que vous êtes prêts.

— Demain soir, informé-je. Nous irons à Stockholm et prendrons le temps de nous remettre du décalage horaire avant l'audience.

Theo acquiesce, et se frotte le visage. Il a troqué son t-shirt de bénévole pour un polo et un short. Evans a apporté mes affaires dans le penthouse pour que je puisse me rafraîchir. J'enfile une robe, et fais envoyer ma valise dans ma chambre, espérant qu'elle soit loin de celle de Theo. À quelques étages de là, ou mieux encore, de l'autre côté de la rue. Ou du pays.

À force de travailler ensemble, notre attirance n'a fait que croître. Nous sommes tous les deux fatigués. Pas génial pour la maîtrise de soi.

Je me lève et m'étire, ignorant le regard de Theo qui survole mon corps.

— Une chose à la fois. Concentrons-nous sur l'interview. Reba m'a transmis une liste de questions préalables que nous pouvons travailler. Elle sera polie, mais elle ne se retiendra pas non plus. Il faut qu'on s'entraîne.

— Très bien, répond Theo qui se lève d'un bond. Mais d'abord, dîner. (Il me prend la main et m'entraîne vers la porte.) Si vous avez besoin de nous, Evans, nous serons à la piscine.

Celui-ci nous suit du regard, sourcils froncés.

* * *

La piscine est située sur le toit, une oasis impressionnante, avec des palmiers et des fontaines. Je n'ai pas vraiment lutté pour me libérer de l'emprise de Theo. Un marché est un marché. Une fois que nous pénétrons dans ce luxueux espace, avec le ciel au-dessus de nous, je retire ma main.

— Je dois passer un coup de fil.

— Pas de souci. (Il me jette quelques morceaux de ficelle censés être un maillot de bain.) Fais ton truc, et ensuite enfile ça.

Je soupire et me détourne.

— Quoi de neuf ? répond Mina à la première sonnerie.

— Ça se passe plutôt pas mal par ici. J'ai fait quelques sondages rapides. La population américaine adore les trucs princiers. La plupart semblent s'amuser de tout ce scandale autour de Pepper Spice. Je ne sais pas trop ce qu'il en est du conseil d'administration, il va sûrement falloir ramper un peu.

— On y travaille. L'interview de demain devrait nous y aider.

— Comment va le Prince Charmant ?

— C'est toujours un abruti dominateur.

Je fais la moue devant le bikini que je tiens à la main.

— J'ai entendu ! crie Theo depuis le bar où il est en train de se servir un verre.

Mina ricane.

— Il est avec toi ?

— On va dîner.

— Quelqu'un va se faire royalement sauter.

— Non, dis-je avec un petit ricanement méprisant. On bosse. On s'entraîne pour l'interview de demain. C'était la seule manière pour moi de le convaincre de la faire.

— Continue à te dire ça. Pour moi, ça ressemble à un rencard.

— Ce n'est pas un rencard...

— Si, c'en est un, beugle Theo depuis l'autre côté de la piscine.

Il est installé à une petite table pour deux personnes.

Mina éclate de rire, et je lève les yeux au ciel.

— Il faut que j'y aille.

Quand je reviens du vestiaire, bikini en place sous ma robe, le repas est servi. Theo se lève et m'aide à m'installer, en parfait gentleman.

L'endroit est désert. Soit aucun client de l'hôtel n'est monté, soit Theo s'est arrangé pour que nous ayons de l'intimité. Ce doit être la seconde solution.

Theo soulève la cloche de mon assiette, et l'odeur délicieuse m'arrive aux narines. Mon estomac gronde. Nous nous jetons sur la nourriture.

— C'est sympa, signifié-je après avoir terminé mon assiette. Quand est-ce que ton père a construit cet hôtel ?

— C'est celui où mes parents se sont rencontrés.

— Sérieusement ?

Il s'est montré un peu silencieux au cours du dîner, sombre et pensif. C'est peut-être pour cette raison.

— Tu ne parles jamais de tes parents.

— Je ne les ai pas vraiment connus. (Theo trempe une crevette tigrée dans la sauce et la porte à ma bouche.) Ouvre.

Je garde la bouche fermée.

— Tu es allergique. ?

— Non.

— Alors, fais-moi confiance.

Je le laisse me nourrir.

— Oh, mon Dieu, gémis-je. Putain, c'est délicieux.

— Tu as un langage bien ordurier pour une fille, remarque-t-il. J'aime ça.

— C'est parce que tu es un pervers.

J'engloutis d'autres crevettes. En général, je fais attention à ce que je mange, mais ce soir, c'est surréaliste. Je suis au sommet du monde, et je dîne avec un prince.

Non, pas un prince. Un dieu.

Je pouffe.

— Je vais te faire ralentir sur le vin.

— J'aurais pensé que tu voudrais me saouler pour que j'atterrisse dans ton lit.

— C'est de la triche ! Je suis un gentleman.

— Effectivement. (Je tente de ne pas paraître surprise.) Tu es un gentleman.

— Je laisse toujours la femme venir en premier, continue-t-il.

— Tu te débrouillais tellement bien. Ce cadre magnifique, la nourriture, tu as gardé ta chemise…

— Quel est le problème si j'enlève ma chemise ?

Je pose la main sur mon front.

— Je dois vraiment répondre à ça ?

— Non, dit-il avant de se lever.

Avec une lenteur exagérée, il ôte son polo. J'inspire brusquement quand je vois apparaître la panthère. Mes parties intimes ronronnent.

Il affiche un sourire félin. Tu dois admettre que ça me va bien, ce look.

C'est le cas. C'est tellement le cas.

— Sans commentaire.

Il me prend la main, m'entraînant de la table jusqu'au bord de la piscine.

— Allez, Marie. Il est temps de te mouiller. À moins que ce ne soit déjà le cas ?

— Sans commentaire, dis-je dans un éclat de rire.

Je retire ma robe, me débarrassant de mes inhibitions en même temps que de mes vêtements. Je suis au sommet du monde, et je me fiche de ce que les gens pensent. Est-ce que c'est de cette manière que Theo choisit de vivre sa vie ? En tout cas, c'est libérateur.

— Tu es magnifique, admet Theo.

— Je sais.

Je passe devant lui et glisse dans l'eau.

Il me suit et nous nageons l'un autour de l'autre en cercles concentriques, de sorte que nous sommes proches au point de pouvoir nous toucher.

— Comment ça se fait que je termine toujours à moitié nue avec toi ?

— Tu n'étais pas à moitié nue la nuit dernière.

— C'était un coup de bol. (Je lui lance un regard façon Mlle Mavery, même si je ne porte pas mes lunettes.) Tu étais très, très vilain.

— Et toi, tu étais très, très bonne. Je pense que la gentille fille n'est qu'une façade. Allez, Vesper. (Il m'attrape la main, et me tire un peu plus près avant que je me libère.) Viens faire la vilaine avec moi.

Sa caresse m'envoie une vague de désir dans tout le corps.

— Je fais déjà la vilaine. Un rencard avec mon patron. Mauvaise idée.

— Je ne suis pas ton patron. Je t'ai virée, tu te souviens ?

— C'est exact. Tu l'as fait. Tu as encore joué aux abrutis finis. Rappelle-moi pourquoi je voudrais sortir avec toi ?

— Parce que, dit-il en entrant dans mon espace pour poser ses mains sur mes hanches. Je t'ai virée uniquement pour pouvoir faire ça.

Il va m'embrasser. Au dernier moment je tourne la tête, et laisse ses lèvres frôler mon épaule. Je frémis quand il m'embrasse dans le cou.

— Tu es doué pour ça, lui dis-je quand il relève la tête. Tu t'es beaucoup entraîné ?

— Pas autant que tu pourrais le croire. Merde, Vesper. Je

sais que je suis un salaud, mais ce n'est pas aussi terrible que ça en a l'air.

— Détends-toi. Je ne te juge pas. J'ai couché avec plein de types.

Si tu savais.

— Je me suis comporté comme un con avec toi au début. Je te présente mes excuses.

— Acceptées. Au primaire, les gars me jetaient des cailloux quand ils m'aimaient bien. Je peux gérer un comportement arrogant. Quoique… je devrais te confier un secret, lui murmuré-je. J'ai tendance à être attirée par les cons.

— Tu l'es, maintenant ? Parce que je cherche toujours à faire plaisir. (Il pose à nouveau ses mains sur mes hanches.) Tu sais à quel moment j'ai été attiré par toi pour la première fois ? me demande-t-il.

— Sur le perron de ta maison ?

— Je veux dire, vraiment attiré par toi. La vraie Vesper Smith, pas simplement tes longues jambes et tes cheveux blonds.

Je lui donne une tape pour avoir repris mes paroles à son compte, et il m'attrape les bras pour les passer autour de son cou. Je colle mes seins contre lui, et la sensation est divine. Si juste.

— La première fois que tu t'es senti attiré par moi, dis-je d'un air songeur.

— C'est quand tu as dit à tout le monde que mon nom voulait dire « Dieu » en grec.

— Après quoi, tu m'as traitée d'intello pour que tout le monde se moque de moi.

— Ce n'est pas mon meilleur fait d'armes.

— Non, mais je te pardonne.

Je suis enjouée dans les bras de Theo. Mes pieds touchent encore le fond de la piscine, mais à peine. Nous dansons dans l'eau, nous nous balançons, nous tournoyons lentement. Tout chez Theo me rend étourdie. Comme si c'était mon premier béguin, et que j'étais encore vierge. C'est peut-être ça, son pouvoir. Il vous donne l'impression d'être comme neuve.

— À ton tour, me demande-t-il. Raconte-moi la première fois que tu m'as vu, mon vrai moi.

Je n'hésite pas.

— Au skate park. Ta manière de parler à ces gamins. Tu les as traités en égaux.

Theo m'entraîne plus loin dans la piscine.

Il dénoue ma queue de cheval et mes cheveux s'étalent sur l'eau, comme une cascade dorée.

— Ensuite, je t'ai crié dessus. Je suis vraiment un abruti.

— Non. Tu protégeais ces petits, tout comme tu te protégeais toi. Tu es un type bien.

— Non, c'est faux. Je suis mauvais. Très, très vilain.

— À quel point ?

Il me soulève. Par réflexe, mes jambes s'enroulent autour de ses hanches. Je suis prête à frotter mon sexe sur ses abdominaux.

Soudain, il me porte et me balance à l'eau.

— Espèce de salaud, lui crié-je en remontant à la surface pour respirer.

— Très, très vilain.

Je nage vers lui et fais semblant de le combattre. Il est trop grand et trop fort, et mon dos se retrouve plaqué contre son torse.

— Laisse-moi partir, m'exclamé-je en lui donnant un coup de coude ; mais il me tient fermement.

— Dis le mot magique.

— S'il te plaît.

— Ce n'est pas le mot magique.

Ses lèvres se posent sur mon pouls et il m'embrasse et me lèche, avant d'aspirer assez fort pour me laisser un suçon.

— Aïe !

Je me débats, essaie de lui marcher sur le pied, mais il me soulève, m'emmenant aisément en eaux moins profondes. Je halète. Le haut de mon bikini est sur le point de se faire la malle. Je le lui dis, et son rire profond et vibrant manque de me faire jouir.

Il tient mes mains croisées devant moi. Me penche un peu vers l'avant. Son arme se place entre mes jambes.

— Supplie-moi de te sauter.

Son membre glisse le long de ma fente, et mon bikini ne constitue pas une protection efficace. Je suis traversée de petites étincelles de plaisir.

— S'il te plaît, murmuré-je à la place.

— Tu vas me supplier énormément ce soir, me promet-il, avant de faire courir sa langue sur mon oreille.

Il me laisse partir, mais les choses ont changé, nous nous tournons autour comme la lune et le soleil, incapables de résister à cette attirance gravitationnelle.

Des gouttes d'eau perlent sur ses épaules tatouées. J'ai envie de les lécher. Au lieu de ça, je passe ma main sur ses muscles contractés.

Il me soulève une nouvelle fois dans ses bras. Je passe un pouce sur ses lèvres parfaites, et sens sa queue collée contre mon ventre.

— Tout le monde a ses secrets, lui chuchoté-je. Tout le monde a un côté sombre. Mais pas toi. Tes péchés, tu ne les dissimules pas. Ton secret, ton côté obscur, c'est que tu es un type bien. Qu'est-ce que ça fait de vivre comme ça ? D'être complètement honnête ?

— V, fredonne-t-il.

Je n'ai pas la moindre idée de ce qu'il voulait me dire, parce que quand j'incline mon visage vers le sien, il m'embrasse.

Theo sait ce qu'il faut faire avec ses lèvres et sa langue. Je suis perdue en lui.

Il me porte hors de la piscine, dépasse la table, entre dans le hall où il me poste juste assez longtemps pour attraper une serviette blanche dont il m'enveloppe.

J'ai les bras enroulés autour de son cou, et je ne le lâche pas.

— Theo…

— Le lit. Maintenant.

Il me soulève encore, et prend la direction du penthouse.

Nous n'arrivons pas plus loin que le couloir.

Ma peau est fraîche à cause de l'eau, et je ressens le besoin de me frotter contre lui. Son corps me réchauffe, m'allume. Je l'embrasse fougueusement, prenant son visage dans mes mains pour qu'il ne bouge plus.

Il me soulève et me plaque au mur.

Mon sexe palpite comme un second battement de cœur, sur un rythme qui appartient à Theo. Rien qu'à lui.

Ses doigts trouvent mes replis et glissent de haut en bas.

— Capote, haleté-je avant de perdre totalement la tête.

Il hoche la tête d'un air absent, me repose, et tombe à genoux.

Sa bouche recouvre mes lèvres, chaude, choquante. Ses lèvres et sa langue reprennent leurs ingénieuses manœuvres. Apparemment, m'embrasser sur la bouche n'était qu'un entraînement. La bouche collée à mon sexe, il m'embrasse avec passion. Ses mains soutiennent mes fesses, et quand il me pénètre avec sa langue, mes épaules râpent le mur.

— Oh, mon Dieu, soufflé-je, pantelante, la tête rejetée en arrière. Oh, mon Dieu.

Theo me saute jusqu'à l'orgasme, pendant que je reste plaquée au mur, m'accrochant de toutes mes forces à ses cheveux noirs.

Quand il me laisse descendre, je commence à glisser

jusqu'au sol. Mais il me rattrape et me porte pour se diriger vers l'ascenseur. Nous nous amusons, jouons, et nous nous embrassons fougueusement jusqu'à ce que les portes s'ouvrent avec un tintement, et que je constate que nous sommes presque arrivés à son penthouse.

Je baisse la tête contre son torse.

— Les agents de sécurité. Merde. Je ne veux pas qu'Evans me voie comme ça.

— Détends-toi, bébé. J'ai fait libérer le dernier étage. Il n'y a personne là-haut. Il confirme ce que j'ai deviné, puis ouvre la porte d'une main. Je veux te prendre dans chaque couloir, sur chaque surface, dans chaque pièce de cet endroit. Depuis que tu t'es pointée dans ce tailleur ridicule, et que tu as joué les mannequins au bord de la piscine en bikini, avant de me remettre à ma place, je meurs d'envie de te pénétrer.

J'éclate de rire, étourdie.

— Tu es une vilaine fille, Vesper. Tu me tentes. Tu m'allumes.

Il me pose.

— Monte sur le lit.

Je me penche, et remue mon postérieur en bikini dans sa direction.

Il le fesse fort.

— Grimpe.

Je me mets à quatre pattes sur le lit.

— Comme ça ?

— Oui. Maintenant, reste comme ça.

Il me retire le tissu humide de mon bikini, et referme sa bouche entre mes fesses. Je lâche un cri quand il me lèche. Trop sexy. Trop cochon. Trop.

— C'est bon ? me demande-t-il.

— Non, protesté-je, et il me prouve que j'ai tort en recommençant, tout en caressant mes replis humides en même temps.

Cette fois, c'est quand il se retire que je proteste.

—Je vais te sauter comme j'en ai envie. Et, Vesper ? Je veux tout.

L'excitation m'envahit. Le plaisir monte déjà dans mes tétons, mon entrejambe, mes fesses là où il les a claquées.

— Mets tes mains entre tes jambes. Donne-toi du plaisir.

Je me penche en avant, écarte les genoux, et me donne en spectacle devant lui. Mon orgasme est juste à portée de mains. Je halète, je me tortille. Mes seins se libèrent de mon haut de bikini. Je me cambre plus encore, laissant mes tétons frotter contre le lit.

— Arrête, m'ordonne-t-il.

Sa langue fait une fois encore le tour de mon œillet. Je suis submergée de sensations, taboues, mais parfaites. C'est tellement bien. Tellement, tellement bien. Et tellement, tellement mal.

Un tremblement me secoue, présage d'extase. Mon corps gronde.

— Putain. (Il me fesse encore.) Tu es une si vilaine fille. Continue de te toucher, mais ne jouis pas.

Tout mon corps se balance pendant que je baise ma main.

— Ne jouis pas, me prévient-il quand mes jambes commencent à trembler. (Ses paroles m'emmènent encore plus haut.) Supplie-moi de le faire.

— Je t'en prie...

— Non, dit-il en écartant ma main. Je veux que tu sois désespérée. Ce soir, tu ne jouiras que quand je serai en toi.

Tremblante de désir, je suis le mouvement quand il me tire les cheveux. Il me fait tourner jusqu'à l'endroit où il est à genoux sur le lit, son sexe ballottant devant mon visage.

— Oui, soufflé-je avant de plonger en avant pour le happer.

Je lèche la veine sous son membre et ma bouche engloutit,

sa longueur délicieuse. Il agrippe mes cheveux pour me contrôler. Putain, j'adore ça.

Il est tout proche quand il me guide pour le libérer.

— Pas dans ta bouche.

Il me met en position, sur le dos, les genoux écartés.

Mes jambes sont dans le creux de ses coudes, et il s'enfonce. D'un seul coup de reins, il est en moi jusqu'à la garde. Je suis prête, et je crie devant cette sensation délicieuse. Son membre est assez long pour toucher le col de mon utérus, et assez épais pour frotter tous les points sensibles entre les deux.

Il se retire presque entièrement, et laisse passer quelques secondes avant de me pénétrer de nouveau. L'impact réveille brusquement mon clitoris. Je pousse un cri d'heureuse surprise, et agrippe ses épaules, m'y accrochant de toutes mes forces, alors qu'il recommence : il se retire, et me pilonne ensuite. Mon orgasme explose comme une bombe.

Theo remonte mes jambes sur ses épaules alors qu'il s'enfonce plus loin, me ramenant une fois de plus au bord de l'extase. Je m'agrippe à lui, et il grogne comme un animal.

C'est cru, brutal, et magnifique.

— Touche-toi, exige-t-il.

Je m'exécute, mais c'est trop de sensations ; je le lui dis.

Il me saisit par les chevilles et tiens mes jambes droites en me pénétrant encore

— Regarde-moi en train de te sauter à fond. Tu veux mon jus ?

— Oui, putain, oui !

— Ouais ? Joue avec tes seins. Donne-moi un beau spectacle, Vesper. Sois ma vilaine fille.

J'empoigne mes seins et pince mes tétons.

— Je te veux, soufflé-je. Je veux que tu jouisses.

— Tu es une si vilaine fille.

— Je suis mauvaise. Vraiment, vraiment vilaine.

Mon intimité se contracte, signe de l'imminence de l'orgasme. Theo explose soudain ce qui me prend au dépourvu. Mes muscles internes se serrent comme un poing autour de son membre.

— Oh, putain.

Il tombe sur les mains, et jouit.

Je l'attire vers moi pendant qu'il reprend son souffle. Je n'ai pas le temps d'y voir clair qu'il se retire, et me déplace encore, me mettant à quatre pattes.

— Encore ? lui demandé-je, surprise, tandis qu'il vient vers moi, le membre dur et tendu comme une lance.

— Encore.

* * *

Trois rounds plus tard, je suis recroquevillée sur la couette, épuisée. Theo se lève pour se débarrasser du préservatif. Quand il revient, il se colle à moi et m'embrasse dans la nuque.

— Elle avait raison, concédé-je. Tu es un dieu. Est-ce que ça fait de moi une déesse ?

Il rit.

— Oh que oui ! répond-il en me calant plus près de lui dans ses bras. Je vais construire un autel à ta gloire, et le vénérer chaque jour.

— Mmmh, ronronné-je. Tu sais, ta maison, c'est vraiment le style néo-grec.

— C'est mon père. Il collectionnait les trucs classiques. Apparemment, ma mère aimait ça. Ça lui rappelait sa maison.

— Je n'arrive pas à croire que tu sois le prince héritier de Suède.

— Je n'arrive pas à y croire non plus. Tu sais, je veux juste être un type normal.

Je me tourne pour l'embrasser.

— Tu viens tout juste de me sauter trois fois de suite, et tu m'as fait jouir à chaque coup. On a dépassé le stade de la normalité.

Nous somnolons un peu quand un bruit sec à l'extérieur me fait sursauter.

— C'est quoi ?

— Une surprise. Viens.

Quand il me ramène à la piscine, je peux admirer un feu d'artifice éclater au-dessus du parc. Je me précipite vers la balustrade.

Les fusées s'élèvent en sifflant et éclatent dans la nuit, dans une pluie d'étincelles colorées.

— C'est toi qui as fait ça ? (Je me tourne vers lui.) Pour moi ?

Il a presque l'air innocent. Je ne sais pas quoi dire. Pour autant que je sache, il n'a jamais fait une chose pareille pour mettre une fille dans son lit.

— Merci.

Nous restons là à regarder le feu d'artifice ensemble, je reste appuyée contre Theo. Le drap descend scandaleusement bas. Je m'en fiche. Quand le bouquet final démarre, je me retourne, colle mes seins nus contre son torse, et je l'embrasse.

Au petit matin, nous sommes dans son penthouse, les jambes entremêlées.

Il se réveille et me sourit. Par réflexe, je manque de tendre la main pour prendre mes lunettes, mais je me rends compte que je ne les ai pas.

— Hey.

— Hey, répète-t-il pendant que je sors du lit. Je n'ai pas

envie de partir. Theo endormi qui cligne des yeux dans la lumière du matin est adorable.

— Reviens au lit. (Il essaie d'attraper mon bras.)

Je l'esquive.

— Je ne peux pas. Tu as une interview aujourd'hui. Il faut qu'on se prépare.

— Je ne veux pas me préparer. Je veux m'envoyer en l'air.

— Sors du lit maintenant, et je te laisserai me baiser dans la douche.

Je suis à mi-chemin de la salle de bains quand il se jette sur moi, me balance par-dessus son épaule, étouffant mon glapissement d'une claque sur mes fesses.

Sous le jet d'eau, il glisse ses mains savonneuses partout sur mon corps. Il me retourne et soulève ma jambe sur le rebord de la baignoire, pour se glisser plus facilement en moi.

— Ils sont tellement beaux, soupire-t-il dans mon oreille en me caressant les seins. J'ai envie de jouir sur eux. J'ai envie que tu portes mon sperme sur toi toute la journée, sous ton tailleur de pro.

— Mmmh.

Il plante ses dents dans mon épaule, la mordille. Je glapis, et il apaise la douleur avec sa langue.

— Je suis désolé, bébé. J'ai envie de te marquer partout. Je veux que tout le monde sache que tu es à moi.

Il ne m'en faut pas plus. Je jouis, les paumes appuyées sur le carrelage. Mes geignements résonnent dans la salle de bains.

* * *

— La voilà avec son tailleur, admire Theo alors que je sors habillée pour affronter la journée.

J'ai passé les dix dernières minutes à dissimuler avec du maquillage le suçon qu'il m'a fait.

— Toi, dis-je en le pointant du doigt, tu es très, très méchant.

— Moi ? (Il bat de ses longs cils, l'image même de l'innocence.) J'ai été séduit par une très vilaine…

Je repousse son torse et l'embrasse.

— Tu disais ? lui demandé-je en m'écartant de lui.

— Oh… Rien.

— Bon garçon. Il faut que j'aille voir Evans. On se retrouve ici dans une heure. D'accord ? (Je marque un temps d'arrêt devant la porte.) Tu ne t'enfuis pas. Tu ne loues pas de bolide pour faire une virée dans Manhattan. Et, par pitié, garde ta chemise.

— Qu'est-ce que j'y gagne ?

— Je te laisserai jouir. Je porterai mon tailleur.

Je prends la pose près de la porte. Je vois son regard s'allumer.

—Si tu es vraiment, vraiment gentil… Je porterai mes lunettes.

Je me rends à la suite qu'Evans a réquisitionnée comme bureau. Le chef de la sécurité accourt vers moi quand j'entre, me dominant de toute sa hauteur.

— Tout va bien ? Je n'ai pas eu le temps de consulter mon téléphone…

Je cesse de parler en voyant son expression.

— Je vous ai engagée pour régler le problème. Pas pour l'empirer, s'exclame-t-il en me balançant un tas de papiers à la figure.

D'immenses clichés sur papier glacé. De Theo. De moi. La piscine, et nous deux devant la balustrade. Le baiser dans la lumière des feux d'artifice. Theo a les bras autour de moi, mais on voit parfaitement bien que je ne porte pas de chemise.

— C'est partout aux infos. Theo pris une nouvelle fois le pantalon sur les chevilles. Ce n'est pas tout, ajoute-t-il, le visage si rouge qu'il en est presque violet. Ils disent que vous étiez escort. Que ça a duré pendant toutes vos études à l'université.

— Quoi ? m'indigné-je, rassemblant les photos avant de les tenir contre ma poitrine, piètre armure.

— Est-ce que c'est vrai ? Bon sang, mais qui êtes-vous, Vesper Smith ?

— Je peux arranger ça, dis-je en tremblant.

Mes lunettes ont disparu.

— Je ne veux rien entendre. Vous êtes virée, putain.

— Je suis désolée…

— Sortez d'ici ! Prenez vos affaires et allez-vous-en.

* * *

Le chemin du retour à la chambre de Theo est le plus long de ma vie. Mon téléphone vibre sous l'assaut des alertes Google. « Le prince héritier surpris avec une escort. » Le scénario se déroule, tout droit sorti de mes cauchemars. Tout ce que j'ai essayé de réparer. Tout ce que j'ai essayé de cacher. Au grand jour.

Même quand j'étais escort, je n'ai jamais ressenti une telle honte. À l'époque, j'étais tellement concentrée. Chaque client me rapprochait de l'obtention de mon diplôme universitaire. Une femme d'affaires. Quelqu'un dont Mlle Mavery serait fière.

J'ai eu mon diplôme et les contacts pour lancer ma carrière, mais j'ai dû en payer le prix. Je pensais l'avoir fait.

Apparemment, j'avais toujours des dettes, et ça me coûterait tout ce que j'avais construit. Si j'ai de la chance, ça ne me coûtera pas l'homme dont je suis en train de tomber amoureuse.

J'ouvre la porte du penthouse, et entre sans voir quoi que ce soit.

— Theo, je…

Je m'interromps en entendant le rire. Theo se tient là, avec la blonde. Elle porte une jupe grise moulante, un chemisier et une veste, et rit en redressant le col de la chemise de Theo.

De longues jambes, des cheveux blonds. Un tailleur gris.

J'ai été remplacée.

— Vesper ?

La blonde tend la main pour le toucher, et s'écarte brusquement.

Un peu trop tard.

— Qu'est-ce qui se passe ?

— Putain, tu te fous de moi ? éructé-je.

Blondie me fait un sourire carnassier.

— Theo, dit-elle en tendant la main vers lui, et bien qu'il la repousse, la trahison me retourne l'estomac.

— Peu importe. Je suis désolée. Je suis désolée de vous avoir interrompus. Je suis désolée… pour tout.

Je fais demi-tour. Je ne vois pas où je vais, parce que mes larmes me brouillent la vue.

— Vesper ! Cette fois, celui que j'aime crie, mais j'accélère et prends la fuite.

— Je suis navrée, dit Mina, et même à l'autre bout du fil, j'entends le regret dans sa voix.

— Ce n'est rien. Les secrets finissent toujours par se savoir, regretté-je d'un ton las.

C'est une phrase bateau que je sors à mes clients, et elle m'arrache les oreilles.

Je balance mes affaires dans ma valise.

— J'ai creusé un peu. La rumeur dit que l'une des filles que fréquente Theo est escort aussi.

— Évidemment. Trahie par l'un des miens.

— Tu n'es pas… (Mina grogne de frustration.) Écoute, tu étais escort. Et alors ? C'est légal.

— Ce que je faisais dans les chambres d'hôtel, ça ne l'était pas, contré-je.

— Ça t'a payé tes études, enchaîne-t-elle. Il n'y a pas de quoi avoir honte.

Mina est terriblement têtue.

— Et pourtant, voilà où j'en suis. J'ai honte. C'est le premier type qui me plaît depuis des années, et j'ai tout gâché.

Mina s'efforce de trouver quelque chose de gentil à dire, puis elle abandonne.

— Merde.

— Ouais. Je sais, j'ai vraiment tout fait foirer…

La chambre d'hôtel est impeccable. Une fois partie, ce sera comme si je n'avais jamais été là.

Le suçon dans mon cou est indélébile. *Je veux te marquer.* Et il l'a fait. Mon vagin se languit encore de lui.

Oh, Vesper, tu as vraiment un don pour les choisir.

— Non, pas ça. Je veux dire, oui, mais…

— Eh bien, je te remercie. La prochaine fois que tu veux me remonter le moral, ne fais pas…

— Il est à la télé, m'interrompt Mina.

— Quoi ?

— Il se tient devant l'hôtel, et parle à la presse. (Elle glapit.) Il faut que tu voies ça ! Canal 108.

Je me dépêche d'allumer la télé. Theo se tient devant son hôtel, sous le feu des flashs.

— Ma réputation n'est pas meilleure, dit-il.

Il a les cheveux ébouriffés et la chemise froissée. Le blanc éclatant met en valeur sa peau hâlée.

Il a fière allure.

— Pendant trop longtemps, j'ai refusé de prendre mes responsabilités. J'ai beaucoup de choses à réparer. Il y a quelques jours, j'ai rencontré quelqu'un. (Il fait une pause, avec un vague sourire sur le visage.) Elle m'a montré que j'étais plus que ma réputation. Elle m'a défié de devenir plus. Si elle m'écoute en ce moment, j'aimerais lui faire une promesse. Je vais me racheter une conduite. Vesper, si tu me reviens, je vais tout arranger.

Je n'en crois pas mes oreilles. Theo s'en va. La presse en redemande.

—C'est si romantique ! Je ne vais peut-être pas constituer

de groupe d'investisseurs pour vendre à perte les actions de sa société et le précipiter dans une spirale infernale.

Mon amie déblatère sur ses projets de vengeance, qui, la connaissant, sont à la limite de la légalité.

— Où est-il ?

— Comment le saurais-je ?

— Mina… !

— Euh, tu as raison. J'ai hacké son téléphone dès que j'ai su que tu en pinçais pour lui. Tu sais qu'il a reçu des textos de Pepper Spice ? Il a bloqué son numéro.

— Mina, où est-il ?

— Une seconde !

Il y a un long silence, et je me frotte le front. Je crois que même le Valium et la vodka ne viendraient pas à bout de ce mal de crâne.

— Il est toujours à l'hôtel.

— Tu en es sûre ? (Il est presque dix heures.) Il devrait être en route pour son interview.

— Eh bien, je ne suis capable de localiser que son téléphone pour toi…

— Vesper ?

Une voix étouffée me parvient, suivie de coups frappés à la porte.

— Il faut que j'y aille, dis-je à Mina avant de courir ouvrir la porte.

Theo fait irruption. Son corps massif me fait reculer.

— Theo, qu'est-ce que tu fais ? Tu es en train de rater ton interview.

— Au diable l'interview, dit-il en me prenant dans ses bras. Je n'ai pas envie de parler à ces gens. Je veux être avec toi. Tu es la seule à me voir tel que je suis vraiment.

Sa bouche s'empare de la mienne. Ce baiser est électrique.

Je le romps, au prix d'une douleur physique.

— Tu ne peux pas rester là, rappelé-je contre sa gorge. Il ne faut pas qu'on te voie avec moi.

— Parce que tu étais escort ?

— Oui...

— Je m'en fiche.

Il m'embrasse à nouveau, ne s'écartant que pour murmurer qu'il s'en fout.)

Je devrais protester, mais son désir enflamme le mien, et emporte avec lui toutes mes pensées. Je m'accroche à lui quand il me soulève, ses larges mains empoignant mes fesses tandis que nous marchons jusqu'au lit.

— Je te veux, souffle-t-il, avec un regard sauvage.

Il baisse son pantalon et sort un préservatif de sa poche, pendant que je me débarrasse de mes vêtements. Je le chevauche et j'oublie tout. Il me tient avec tendresse, me soutient jusqu'à ce que le plaisir déferle comme la marée.

Je halète, je l'appelle.

— À mon tour, grogne-t-il en empoignant mes hanches.

Je crie quand il me pénètre

— Putain, Vesper, putain, répète-t-il.

Ses doigts trouvent mes fesses. Je m'accroche à ses épaules, je sens ses muscles durs comme du marbre se contracter sous mes mains.

Son sexe touche une zone sensible au plus profond de moi, et je me tortille, hors de contrôle, cambrée par l'orgasme.

Avec un juron, il donne une nouvelle poussée, le corps tendu quand il jouit.

Nous nous écroulons sur le lit.

— C'était... mais je suis incapable de terminer.

— Ouais, approuve-t-il.

Nous éclatons de rire tous les deux.

— Sans commentaire, dis-je, mais mon humour s'évanouit.

Je m'assieds.

— Je devrais m'en aller.

— Non. (Theo tend la main vers moi et je le repousse, attrapant mon pantalon.) C'était une chouette partie de jambes en l'air, mais…

— Arrête, Vesper. Ce n'est pas un au revoir.

— Ah non ?

Comme je ne porte pas mes lunettes, je repousse mes cheveux à la place.

—Je ne suis pas prêt à te dire au revoir.

— Tu l'étais ce matin, avec blondie.

— Qui ? Oh, tu veux parler de Nessa ?

— Oui, Nessa, craché-je. Pourquoi était-elle dans la chambre avec toi ?

Theo fronce les sourcils, ce qui me rend encore plus furieuse. Il n'a pas le droit d'être offusqué. Pas à ce sujet.

— Putain, j'en sais rien. Elle m'a dit qu'Evans et toi l'aviez envoyée pour m'aider à me préparer pour mon interview.

— Oh, mais bien sûr, grogné-je. Elle t'a pomponné aussi avant que tu couches avec Pepper Spice ?

— Mais c'est quoi ce bordel ?

— Tu es un salaud ! Tu es un prince héritier qui a couché avec environ la moitié des femmes de cette planète. Et au moins trois d'entre elles ont été filmées. Moi y compris. (Je m'écroule sur le lit, ma colère passée aussi vite qu'un orage d'été.) Je n'arrive pas à croire que j'ai été aussi stupide. J'ai un don pour les choisir.

Je me couvre le visage de mes mains. J'oublie mes lunettes. Il va falloir que je vive avec un sac sur la tête pour le restant de mes jours.

Theo referme ses mains sur les miennes.

— Vesper, arrête. (Il s'agenouille devant moi.) Ne sois pas si dure envers toi. Tu as raison. Je ne te mérite pas. Je t'en prie. (Il m'embrasse la main.) Je t'en prie, donne-moi une chance.

— Ça ne marchera pas. La presse a raison. J'étais escort avant d'avoir mon diplôme. Tu sais ce club privé dont je t'ai parlé ? C'est là que je rencontrais mes clients. L'un d'eux m'a obtenu un premier stage, qui s'est transformé en boulot.

— Vesper, je m'en fiche.

— Pas le reste du monde. Pas le conseil d'administration de la boîte de ton père. Je parie que ta grand-mère non plus. Tu ne peux pas aller en Suède avec moi à ton bras. Ça ne fonctionne pas comme ça. Je suis désolée de t'avoir menti.

J'ai la gorge brûlante de toutes les larmes que je contiens.

—Si je n'avais pas été là, ils n'auraient rien déterré. (Il entrecroise ses doigts aux miens.) Tu m'as dit que tout le monde avait des secrets. Nous sommes sûrement les deux seules personnes au monde à n'en avoir aucun.

— Nous ne sommes pas obligés de gérer tout ça. Ce sont des conneries. Je me fous de ce que ces gens pensent de moi. Ce qui m'importe, c'est ce que toi tu penses. Et tu as raison. Je suis suffisamment riche, et j'ai assez d'influence pour faire quelque chose. Je peux faire la différence. (Il m'embrasse encore la main.) Aide-moi.

— Theo. (J'ai la gorge nouée.) J'aurais dû te le demander dès le début, dès le premier jour où j'ai commencé à travailler pour toi. Qu'est-ce que tu veux ? Je peux créer Theo Kensington. Mais qui veux-tu être ?

Il ferme les yeux puis les rouvre.

— Je veux être heureux. Je veux être libre.

— Décris-moi comment tu vois ça. Laisse-moi voir.

— Je veux me lever chaque matin et faire quelque chose qui a de l'importance. Je veux faire du skate le week-end. Et rentrer à la maison retrouver une femme magnifique.

Il me caresse la joue.

— Une femme magnifique et intelligente, le corrigé-je.

Il se place au-dessus de moi.

— Une femme magnifique et intelligente. (Il ponctue chaque mot d'un baiser.) Reste avec moi, Vesper. Je ne sais pas ce que je vais faire avec le conseil d'administration, ou avec la reine, mais je m'en fiche. Je te veux.

Pendant quelques minutes, nous nous laissons distraire, mais mon téléphone sonne. Par habitude, je le cherche. Theo, tout gentleman qu'il est, l'attrape pour moi.

— Evans ! Vous êtes viré.

Il jette le téléphone sur le lit, et revient près de moi.

— C'était quoi, ça ?

— C'est lui qui m'a envoyé Nessa. Je le sais, c'est tout. Il voulait peut-être détourner mon attention de toi, ou que sais-je.

Je réfléchis pendant qu'il se glisse dans mes bras.

— Je crois que je sais quoi faire au sujet du conseil.

— Ah oui ?

— Oui. Démissionner.

Il me dévisage.

— Tu ne veux pas faire partie du conseil ? Alors, ne le fais pas. Tu as toujours une participation majoritaire dans l'entreprise. Ton vote a du poids.

Ses épaules s'affaissent.

— C'est l'héritage de mon père. Je ne peux pas le laisser tomber.

— Ton père s'est fait tout seul. Je pense qu'il voudrait que tu sois indépendant. En plus, ce n'est pas pour toi qu'il a bâti son entreprise. Il l'a fait pour elle. Pour prouver qu'il était digne d'une princesse.

Au bout d'un moment, Theo abdique.

— Tu as raison.

— Envoie-leur une lettre de démission. Tire discrètement ta révérence. Dis-leur que tu veux te concentrer sur le bénévolat. Ce qui est vrai. Si d'ici quelques années tu changes d'avis, tu pourras déposer une motion pour ta réintégration.

Un pâle sourire s'étire sur son visage.

— Tu vas résoudre tous mes problèmes existentiels à ma place, petite maligne ?

— Sûrement. Accorde-moi juste quelques minutes.

Nous rions.

— Et qu'en est-il de la Suède ? s'enquiert-il.

— Qu'as-tu envie de faire au sujet de la Suède ?

— Tu crois que je peux m'en tirer en annulant l'audience avec la reine ?

— Je ne te le conseillerais pas. Mais qu'est-ce que tu veux faire ?

— J'ai envie d'y aller. Ça signifierait beaucoup pour ma mère, si elle était toujours en vie. Je veux faire la paix avec sa famille. Pour elle.

— Très bien, alors, dis-je en récupérant mon téléphone avant de m'asseoir. Allons voir la reine.

* * *

DANS SON AVION PRIVÉ, Theo se prélasse à côté de moi, triturant les manches longues de sa chemise. Remontées juste assez pour laisser entrevoir les bords sombres d'un tatouage. Mlle Mavery l'obligerait à la porter de manière plus correcte, mais il est sexy, comme ça.

Il s'installe sur son siège, et écarte ses longues jambes. Je lui donne une tape sur la cuisse.

— Aïe.

— La reine n'appréciera pas que tu écartes les jambes ainsi.

— Merde.

— Ni les jurons. Ni que tu sois avachi.

— D'accord, d'accord, cède-t-il en s'asseyant. À vos ordres, Nadine de Rothschild.

— Je connais la référence. Fais gaffe.

Je lui fais un doigt avant d'ouvrir mon ordinateur portable pour voir si tout va bien. J'ai toujours le ventre noué à l'idée de consulter les réseaux sociaux, alors je vais directement voir mes mails. Il y en a un de Mina, avec pour seul message : « *007 demande le contact.* »

— Je peux passer un coup de fil ?

Je me dirige vers le siège près du téléphone. L'hôtesse m'aide à composer le numéro. Mina répond à la première sonnerie.

— J'ai pris la liberté d'appeler quelques-uns de nos vieux amis. Enfin, tes anciens clients. Je ne sais pas si tu les qualifierais d'amis.

J'ai le ventre en vrac.

— Tu n'as pas fait ça.

— Si, et ils avaient à cœur de garder ta réputation intacte. Comme tu le sais, ils aiment garder un peu d'intimité.

— Tu n'as pas fait ça. Je sens la nausée monter en même temps que le vertige, comme si je volais sans l'avion.

— L'histoire est quasiment étouffée. Elle est éclipsée par toute cette affaire de prince royal, de toute manière. Les projecteurs ne reviendront pas vers toi, et si c'est le cas, tout ce que verra la presse, c'est une femme magnifique qui a bossé pour se payer ses études. Les témoignages au sujet de ton passé d'escort sont grandement exagérés. Je veux dire, les gens intelligents comprendront, mais personne ne te traitera de traînée sur une chaîne nationale. C'est genre clin d'œil, clin d'œil. Signe de tête, signe de tête. Chut, chut.

Je m'agrippe au siège, tentant de comprendre ce qu'elle veut dire.

— Est-ce que tu vas bien ? mime Theo.

Dois-je pleurer ou hurler de joie ? Appeler mes anciens

clients, c'est osé, mais Mina a raison. Beaucoup d'entre eux sont très puissants, et tiennent encore à moi. Jamais je ne les contacterais, alors mon amie l'a fait pour moi.

Mina bavarde toujours.

— Je ne suis pas sûre qu'on puisse se débarrasser de tous les préjugés au sujet des travailleurs du sexe en une seule conférence de presse, alors c'est le mieux que je puisse faire. Honnêtement, V, ça devrait aller. Tu vas à Amsterdam, non ?

— En Suède.

— J'étais pas loin. Tous ces pays européens sont collés les uns aux autres. Se rendre des Pays-Bas à la Suède, c'est comme si j'allais dans le New Jersey. Ils n'ont pas tous ces problèmes avec les travailleurs du sexe comme nous en Amérique. Aux Pays-Bas, je veux dire, pas dans le New Jersey. Ce qui ne veut pas dire que tu étais une travailleuse du sexe, mais nous savons tous ce que font vraiment les escorts…

—Merci. C'était un coup de génie. Mais je t'en prie, arrête d'essayer de me remonter le moral.

Mina est soulagée.

— Merci, putain. Ces conneries d'empathie, c'est compliqué.

— J'apprécie vraiment.

— Dis-moi si je peux faire quelque chose d'autre. Je suis en standby, prête à détruire tes ennemis.

— Ça ne sera pas nécessaire.

— Eh bien, si c'est le cas, je m'en occuperai. Je suis là pour toi.

Nous nous disons au revoir, et elle raccroche.

Je repose le téléphone, la main légèrement tremblante.

— Vesper ?

Theo me regarde, l'air inquiet.

— C'est géré, murmuré-je avant de m'éclaircir la voix.

Mon passé. Ma réputation. Nous avons fait tout ce que nous pouvions pour limiter les dégâts. C'est géré.

— Est-ce que j'ai envie de savoir de quelle manière ?

— Non. (Je pose mes doigts sur mes lèvres.) Mais si tu veux, je te raconterai.

Il se glisse hors de son siège pour venir s'asseoir à côté de moi.

— Ça n'a aucune importance.

Il me prend la main et l'embrasse. Il fait ça souvent.

Peut-être que finalement, on peut transformer un play-boy en Prince Charmant.

* * *

THEO GARDE une main posée dans mon dos alors que nous pénétrons dans le palais de Stockholm. Ce bâtiment massif est la résidence royale officielle.

— Il y a trois étages et quatorze mille trente pièces, nous explique notre guide. Bâtis dans un style baroque.

Alors que nous traversons les pièces couvertes de dorures, j'aperçois une statue de nymphe, gambadant sous le regard sinistre du portrait d'un important suédois. Ça me semble familier.

— Cet endroit est magnifique, m'extasié-je. Je ne peux pas imaginer vouloir le quitter un jour.

— Syndrome de Stockholm, réplique mon homme avec un visage parfaitement impassible.

Je lui donnerais bien un coup de coude dans les côtes, mais je ne veux pas être décapitée pour avoir agressé un prince. Theo et moi avons passé toute la nuit à récolter un maximum de renseignements sur le protocole royal. Nous n'avons parcouru que quelques siècles, mais je pense que nous pourrons affronter cette audience royale sans gaffe majeure, comme déclencher une guerre.

Je l'espère.

Le guide nous laisse dans une pièce aux plafonds voûtés et aux parquets cirés.

— Nerveux ? murmuré-je.

Theo me répond d'un soupir qui pourrait tout aussi bien signifier un « oui » qu'un « non ».

— Tout ira bien. Tu es tellement beau.

La porte s'ouvre. L'entourage rentre, mené par une femme aux cheveux gris acier et aux yeux sombres.

— Grand-mère, dit-il en s'inclinant.

— Theodore, répond-elle dans un anglais parfait, avec un léger accent britannique, et elle lui tend la joue.

Il y dépose un léger baiser. Ni étreinte, ni salut chaleureux, mais ça va. C'est un début.

Theo s'écarte et m'attire vers l'avant.

— Permettez-moi de vous présenter ma spécialiste média, et également la femme la plus intelligente que je connaisse. Vesper Smith, ma petite amie.

L'expression de la reine imite à la perfection celle de son petit-fils.

— Enchantée.

Les prochains mots qui sortiront de sa bouche seront pour m'accepter, ou me faire comprendre que je ne suis pas la bienvenue.

La main de Theo se resserre autour de la mienne. *Je ne te laisserai pas partir,* m'a-t-il dit. Rien d'autre n'a d'importance, tant que nous sommes ensemble.

— C'est donc la femme qui m'a ramenée mon petit-fils.

— Oui, grand-mère. Je ne serais pas là sans Vesper. Elle m'a convaincu que nous devrions nous rencontrer, et avoir une véritable relation. J'aimerais essayer.

— Ça fait trop longtemps. Bien trop longtemps, et c'est entièrement de ma faute. Quand ta mère est partie, j'ai écouté mes conseillers. Ils m'ont dit de la chasser, pour conserver le respect du royaume. Ce que j'ai fait, et ce fut un véritable baume sur ma fierté blessée. (Sa voix faiblit.) Que ne donnerais-je pas pour revenir en arrière, et faire les choses autrement.

— Grand-mère, dit Theo d'une voix gentille, dont il a désormais presque l'habitude.

— Il n'y a rien à faire. Il faut nous racheter quand c'est encore possible. La vie est vraiment courte. Tu ressembles tellement à ta mère.

Theo prend la main de la reine et la serre. Est-ce que ce sont des larmes que je vois briller dans les yeux de cette femme ?

La reine s'éclaircit la gorge, reprenant sa posture imposante et royale, mais mon petit-ami garde son expression attendrie.

— Pour ce qui est d'influencer l'opinion publique, peut-être que ta petite amie aura des idées à nous soumettre.

— J'en suis certain, confirme Theo.

La reine et le prince se tournent vers moi avec des sourires assortis.

Mlle Mavery, si vous pouviez me voir en ce moment !

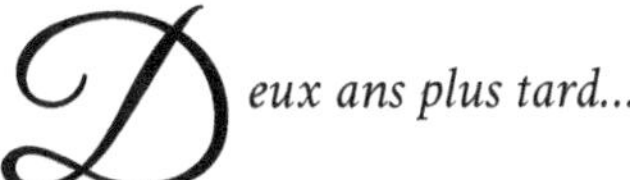

eux ans plus tard...

— ON VA ÊTRE EN RETARD, dis-je, à bout de souffle.

— Je m'en fiche. Je n'ai jamais supporté les cérémonies.

Theo serre ma main plus fort.

Nous passons à toute vitesse devant les tableaux de rois suédois à l'air solennel. Après deux ans de visites régulières au palais, je peux tous les nommer un par un.

— Ici.

Theo m'attire dans une alcôve. De la feuille d'or fait briller le papier peint, mais dans l'ensemble, la décoration est plutôt modeste. Au moins, il n'y a pas de nymphes qui s'ébattent. Certes, il n'y en a pas vraiment besoin. Theo s'est donné pour mission de me pourchasser dans chaque couloir après les heures de boulot, et de me prendre. À chaque fois que je vois un Klimt dans la salle dorée, des frissons parcourent mon échine. Theo m'a fait des choses sous cette fameuse peinture... à faire rougir une star du porno.

Ma robe se soulève. Je fais volte-face et lui donne une tape sur la main.

— Pas maintenant. Il y a des gens autour. Des touristes !

— Pas aujourd'hui. Ils ont vidé le palais pour le mariage. J'ai toujours voulu te posséder ici.

Il m'embrasse et j'oublie pourquoi je n'étais pas d'accord. Il me distrait avec ses lèvres et sa langue, et me pousse contre un divan.

— Juste là, grogne-t-il en arrachant sa cravate.

Il me fait pivoter et m'attache les mains dans le dos. Une chaleur s'insinue entre mes jambes.

— Penche-toi.

Il me fait basculer par-dessus l'accoudoir du canapé, et relève les jupons de ma robe.

— Putain, est-ce que c'est pour moi ?

Il joue avec les lanières de mon porte-jarretelles.

— Non, c'est pour la presse.

CLAC ! Sa main s'abat sur mes fesses.

— Vilaine, vilaine fille. Tu te plies encore aux exigences de la presse.

— Tu le sais bien.

Je remue des fesses sous son nez.

Il m'allume avec le bout de son sexe, jusqu'à ce que je le supplie.

— C'est ça que tu veux ?

— Mmmmh, oui.

— Tu en es sûre ? Tu vas être une vilaine fille ?

— Je suis ta vilaine fille. Mais si tu ne me sautes pas bientôt, nous allons vraiment être en retard.

Il me fesse plusieurs fois encore, avant de s'enfoncer en moi.

Un peu plus tard, je suis debout devant un miroir doré géant, et je m'occupe de mes cheveux. Avec ma tresse dorée et ma robe bleue, j'ai l'air d'une princesse des glaces.

Nous avons demandé un mariage modeste. Quatre cents personnes, et quelques milliers d'autres dans les rues, qui attendent de nous voir. Tout le monde a été outré quand j'ai refusé de porter du blanc, mais la reine a retiré son veto quand Theo l'a menacée de se pointer torse nu.

Nous ne sommes pas un couple royal ordinaire, voyons !

Theo se tient à côté de moi, il redresse sa cravate.

— J'ai consulté les infos avant de venir, me dit-il. Tu es plus populaire que moi.

— Ne l'oublie jamais.

Je lui donne une tape sur le bras.

— Faites attention, Mme Kensington, me prévient-il.

— Tu ne peux pas m'appeler comme ça. Pas encore. D'abord, il faut que tu m'épouses.

— Je t'appellerai comme je veux. Pour ponctuer sa phrase, il saisit mes fesses puis m'embrasse.

— Vous êtes très beau aujourd'hui, Prince Theodore.

— Tu ressembles à une déesse.

— Il te faudrait peut-être des lunettes.

— Peut-être, répond-il en souriant. (Nous savons tous les deux que la chirurgie correctrice qu'il a subie l'an dernier pour ses yeux s'est déroulée sans encombre.) Mais je n'ai pas besoin de voir pour savoir à quel point tu es belle.

Je rougis.

Il m'offre son bras.

— Viens. Allons faire de toi une princesse !

Alpha Bad Boys

Le Tentation de l'Alpha
Le Danger de de l'Alpha
Le Trophée de l'Alpha

À PROPOS DE L'AUTEURE

Lee Savino a l'intention de conquérir le monde, mais la plupart du temps, elle n'arrive même pas à trouver ses clés ou son téléphone, alors elle préfère encore rester chez elle et écrire des romances smexy (smart + sexy). Elle adore le chocolat, passe sa vie en pantalon de yoga et porte les chapeaux comme personne.

Pour de bonnes tranches de rigolade, rejoignez son groupe sur Facebook en anglais, Goddess Group, ou rendez-vous sur www.leesavino.com pour vous inscrire à sa news-letter et recevoir un livre gratuit.

Site web : www.leesavino.com
Facebook Goddess Group :
https://www.facebook.com/groups/LeeSavino/

NOTES

CHAPITRE 5

1. *Note de la traductrice* : « papa gâteau », désigne un homme offre de l'argent et/ou des biens à une personne bien plus jeune que lui, en échange de services en nature.